絵巻で読む方丈記

鴨長明

[訳注]――田中幸江

[画]――『方丈記絵巻』より

東京美術

扉図版：『方丈記絵巻』より文机の前の長明の絵

はじめに

『方丈記』は鎌倉時代初期に鴨長明によって書かれた随筆である。冒頭の「行く川の流れは絶えずして……」は、ほとんどの人が学生時代に読み、暗唱したことがあるのではないだろうか。ただ、全文を読むとなると、古文の内容を理解できないからと敬遠し、諦めてしまった人も少なくないだろう。しかし、『方丈記』の本文は四百字詰め原稿用紙二五枚ほど（文字数にして約一万字）で、例えば『源氏物語』と比較しても約一〇〇分の一の文字数しかない。分量的にも比較的通読が容易な、数少ない古典文学作品の一つである。

とはいえ、分量が少なくても、いかに丁寧に現代語訳され、詳細な注釈が付されていたとしても、八〇〇年も昔のことを文章だけで理解するのはなお難しいかもしれない。そうした人のために、本書では「絵を見て理解できる」という利点に注目して、『方丈記絵巻』を紹介する。

『方丈記絵巻』は、『方丈記』の本文全文と絵画一七図からなる、江戸時代に制作された一四メートルにも及ぶ絵巻で、現在は東京・芝公園に建つ三康《さんこう》文化研究所附属三康図書館に所蔵されている。『方丈記絵巻』は、近世以前に作成された唯一の『方丈記』絵巻として大変貴重なものであるが、見事な出来映えにもかかわらず、なぜか広く世間に知られることがなかった。そこで、多くの人々に素晴らしい絵を鑑賞してほしい、今まで何となく『方丈記』を避けてきた人も絵を理解の助けとしながら本文を読んでほしい、との思いから本書を刊行した。

どうやら『方丈記』は、絵師（画家）の創作意欲をかき立てる作品であるようだ。例えば、日本画家の佐多芳郎《さたよしろう》（一九二二〜九七）は絵巻『風と人と』を発表したが、それは『方丈記』に画想を得たものであった。漫画家の水木しげる（一九二二〜二〇一五）も『方丈記』と鴨長明の生涯を一冊の漫画にするなど、『方丈記』の可視化の試みは現在も続いている。大火事、地震といった災害と、穏やかな方丈の庵《いおり》での生活……おそらく、迫力満点な前半部分の「動」と、伸びやかで生き生きとした後半部分の「静」との記述の対比が、芸術家たちを刺激し、視覚化へと駆り立てるのであろう。同時に私たち読者も、混迷と平穏、明暗併せ持つ『方丈記』の世界が眼前に繰り広げられることを望んでいる。『方丈記絵巻』は、その双方の思いが結実した作品といえるだろう。『方丈記』は文学作品という枠組みを越え、絵画だけでなく、工芸、音楽、演劇、映像、建築といったあらゆる方面の創作活動に影響を与え、今なお新たなる作品が生み出されている。こうした『方丈記』を取り巻く連綿とした営み自体もまた、「方丈記絵巻」と呼べるものではないだろうか。享受者である私たちは、日々新たな一紙が継ぎ足されていく「方丈記絵巻」を、次世代へと橋渡しするという大切な役目を担っているのである。

言わずと知れた古典文学の名作『方丈記』は、八〇〇年も前に書かれた作品にもかかわらず、今も人々の心を引きつけてやまない。その魅力の一つを挙げるならば、いつの時代にも変わらない、普遍的な人間生活の悩みや苦しみが語られているところだろう。悟りすました僧侶の高邁《こうまい》な教えを説くものではなく、人間くさい出家遁世《とんせい》者の言葉であるところに私たちは親近感を覚え、耳を傾ける気持ちになるのである。長明は、欲しがったり、期待したりすることをやめて心が楽になり、結果として地位や名声よりも大きな喜びを獲得した。これは現代の私たちが心穏やかに生きるための範ともなるだろう。江戸時代に『方丈記』を読んだ人々も、この絵巻を制作した人物も、おそらく今の私たちと同じ気持ちで『方丈記』を読んだのではないか。人間が存在する限り、悩みや苦しみから逃れることはできない。故に、『方丈記』はこれからも時代を超えて人々の共感を呼び、愛読され続けるであろう。長明が生きた平安時代から鎌倉時代、絵巻が制作された江戸時代、そして読み手の私たちがいる現代と、『方丈記絵巻』を手にすることによって時空がつながる。本書は決して色あせることのない『方丈記』の魅力を体現する一冊といえる。

なお、本書の本文は、『方丈記絵巻』の詞書《ことばがき》に基づいている。『方丈記』と題する本は、古くは鎌倉時代の写本も含めてたくさん伝わっているが、それらは本文の長さや内容に違いがあり、何種類かに分類することができる。現在、一般的に『方丈記』とされる教科書や刊行物の本文はいわゆる「古本系統」に位置づけられるが、『方丈記絵巻』の本文はそれとは別の「流布本系統」に属している。管見の限り、流布本系統の全文を通しての現代語訳は近年にはない。古本系統とは異なる「方丈の庵」の室内の様子など、今まで接してきた『方丈記』世界との違いを見つけ、比較しながら読み進めるのも本書の楽しみ方の一つかもしれない。

著者

目次

『方丈記』本編の構成

一、底本は三康図書館蔵『方丈記絵巻』（請求記号＝軸一五—四九一）である。その絵画部分を掲載するとともに、底本に基づく本文と、注、現代語訳を示した。

一、『方丈記』の内容に基づいて、全体を二一の章段に区切り、各章段に表題を付した。

一、各章段において、上段に絵巻の絵画部分、下段に絵画に対応する『方丈記』の「本文」を掲載し、続いて絵画の拡大図とともに「現代語訳」を掲載した。

一、絵画が見開きで収まらず、次頁まで続く場合には、一部を重複掲載することで、一続きの絵画であることを示した。

一、「本文」と「現代語訳」を区別するため、頁上部に「本文」には抹茶色の色帯を、「現代語訳」にはあずき色の色帯を付した。

一、『方丈記絵巻』の世界を純粋に鑑賞したい場合は抹茶色の色帯部分を、『方丈記』を現代語訳で読み味わいたい場合はあずき色の色帯部分を、『方丈記絵巻』を『方丈記』の内容理解とともに楽しみたい場合は、頁の順序に従って抹茶色とあずき色の色帯部分を交互に読むことをお勧めする。

一、底本の全体の構成および本文部分の画像については82〜89頁を参照されたい。

「本文」凡例

一、原則として底本の漢字表記に倣ったが、通読の便を考慮して、一部通行の字体に改めた。全体の統一を図るため、仮名に漢字を当て、漢字を仮名に改めた箇所もある。

一、一部、底本の仮名遣いを改め、送り仮名を補った。

一、漢字には、なるべく振り仮名を付した。

一、適宜、段落を分け、句読点を施した。

「現代語訳」凡例

一、本文に書かれていない事柄であっても、言外に含むものを反映させて訳した箇所がある。

一、和暦に対応する西暦、「町」や「尺」といった日本古来の単位を現代の単位に置き換えた場合は、（　）内に漢数字で示した。

方丈記

鴨 長明
［訳注］田中幸江
［画］『方丈記絵巻』より

序章

［一］

行《ゆ》く川の流れは絶えずして、しかも、もとの水にあらず。よどみに浮かぶうたかたは、かつ消え、かつ結びて、久しくとどまることなし。世の中にある人と栖《すみか》と、またかくの如《ごと》し。

玉敷《たましき》の都のうちに、棟《むね》を並べ、甍《いらか》を争《あらそ》へる、高き、賤《いや》しき人の住まひは、代々《よよ》を経て、尽きせぬものなれど、これをまことかと尋《たづ》ぬれば、昔ありし家はまれなり。或《ある》は大家滅《おほいへほろ》びて小家《こいへ》となる。住む人もこれに同じ。所も変はらず、人も多かれど、いにしへ見し人は、二、三十人が中にわづかに一人二人なり。朝《あした》に死し、夕《ゆふ》べに生まるるならひ、ただ水の泡《あわ》に似たりける。

［二］

知らず、生まれ死ぬる人、何方《いづかた》より来たりて、何方へか去る。また知らず、仮《かり》の宿り、誰《た》がために心を悩まし、何によりてか目をよろこばしむる。その主《あるじ》と栖《すみか》と、無常を争《あらそ》ひ去るさま、いはば朝顔の露《つゆ》にことならず。或《ある》は露落ちて、花残れり。残るといへども、朝日に枯れぬ。或は花はしぼみて、露なほ消えずといへども、夕《ゆふ》べを待つことなし。

本文には出てこない３人の人物（少年・青年・老人）が描かれる（この３人は第２図にも登場している）。「行く川」の「流れ」を見つめる３人。季節は春、岸辺の柳は芽吹いたばかりで、作品世界のはじまりを感じさせる。

序章　現代語訳

〔一〕

流れる川はそこにあり続けるが、目の前を流れている水はもう先ほどの水ではない。川の淀《よど》みに浮かぶ泡は、消えたり現れたりして、少しもとどまることがない。世の中の人と住まいもまた、このようなものだ。

玉を敷き詰めたように美しい都の中で軒《のき》を連ね、高さを競っている身分の高い人、低い人の住まいは、幾代《いくよ》を経てもなくならないけれど、これを本当かと思って注意深く見てみると、確かに、昔からある家はまれである。あるいは大きな家がなくなって小さな家になっている。住んでいる人もこれと同じようなものだ。景観も変わらず、人が減っているわけではないけれど、昔から見知っている人は二、三〇人中、わずかに一人か二人である。かたや朝に死に、かたや夕べに生まれるという人間の道理は、まさしく水の泡に似ているのだ。

〔二〕

私は知らない。生まれる人、死ぬ人が、どこから来て、どこへ去っていくのか。また私は知らない。この世は仮の宿りであるのに、誰のために心を乱し、何によって眼福《がんぷく》を得ようとするのか。家主《やぬし》と住まいとが無常を争い、消えていくさまは、例えて言えば、朝顔の花とその上に置く露と何ら変わることはない。あるときは露が落ちて朝顔の花が咲き残る。残るといっても朝日に当たってしおれてしまう。あるときは朝顔の花が先にしぼんで、露がまだ残っているといっても、そのまま夕べを迎えることはない。

安元の大火

凡《おほよ》そ、ものの心を知れりしより、四十余《よそぢ》りの春秋を送る間に、世の不思議を見ること、ややたびたびになりぬ。

去、安元《あんげん》三年四月廿八日《にじふはちにち》かとよ。風はげしく吹きて、静かならざりし夜、戌《いぬ》の時ばかり、都の辰巳《たつみ》より火出《い》で来て、戌亥《いぬゐ》に至る。果てには、朱雀門《すざくもん》［注1］、大極殿《だいこくでん》［注2］、大学寮《だいがくれう》［注3］、民部省《みんぶしやう》［注4］まで移りて、一夜がほどに灰となりにき。

［注1］**朱雀門**……平安京の大内裏《だいだいり》南面中央の門。
［注2］**大極殿**……国家的儀礼が行われる朝堂院《ちょうどういん》の正殿。
［注3］**大学寮**……官人《かんじん》養成のための高等教育機関。大内裏の外、朱雀門の南東に位置する。
［注4］**民部省**……中央、地方の財政管理、運用について担う機関。

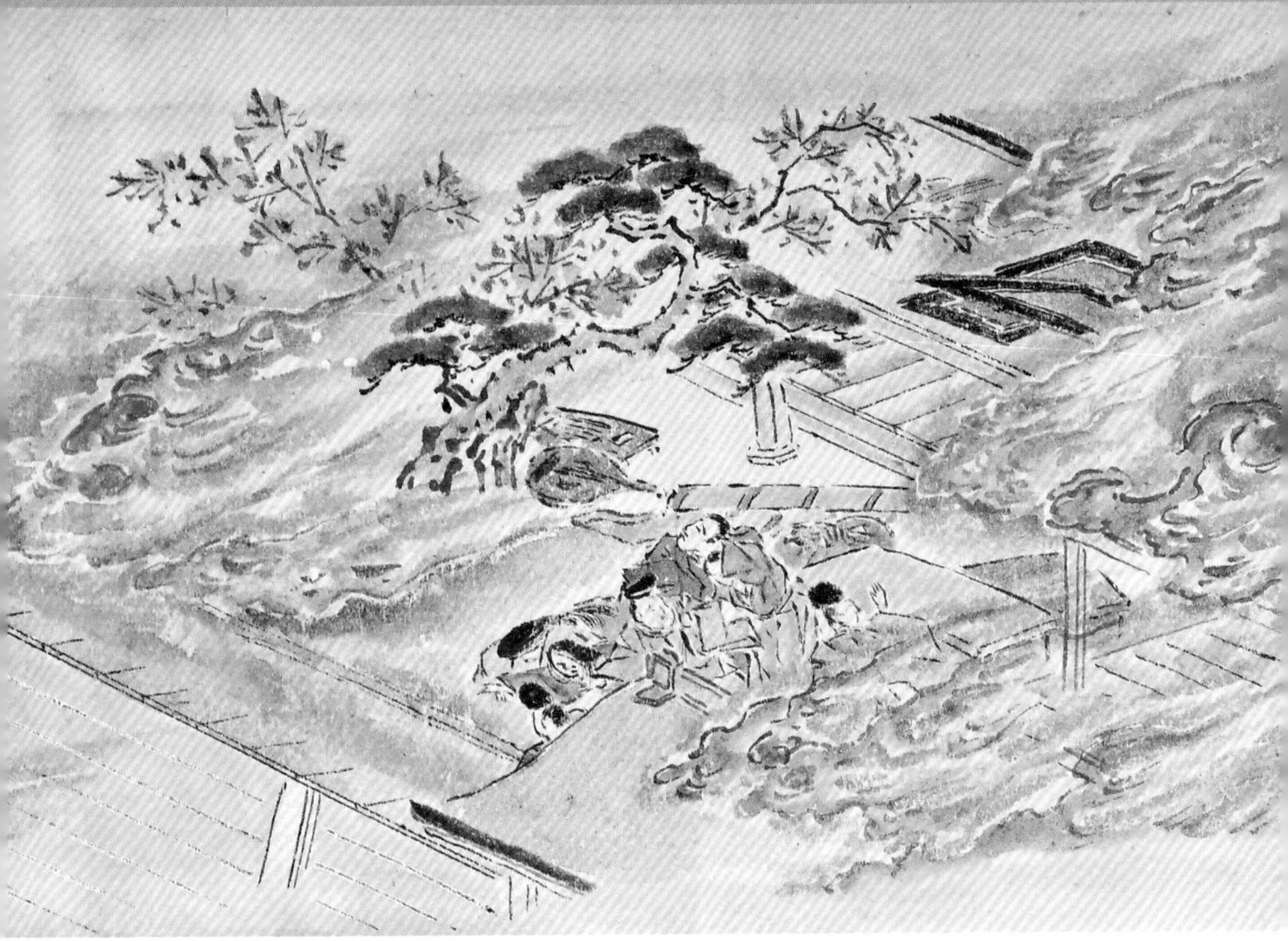

火本《ほもと》は樋口富小路《ひぐちとみのこうぢ》［注5］とかや。病人《やまひびと》を宿《やど》せる仮屋《かりや》より出で来たりけるとなん。吹き迷ふ風に、とかく移りゆくほどに、扇《あふぎ》をひろげたる如《ごと》く、末広《すゑひろ》になりぬ。遠き家は煙にむせび、近きあたりはひたすら炎を地に吹きつけたり。空には灰を吹きたてたれば、火の光に映じて、あまねく紅《くれなゐ》なる中に、風に堪へず、吹き切られたる炎《ほのほ》、飛ぶか如くにして、一二町《ちやう》を越えつつ移りゆく。その中の人、うつつ心ならんや。或《ある》は煙にむせびて、倒れ伏し、或は炎にまぐれて、たちまちに死ぬ。或はまだわづかに身一つ、からくして逃れたれども、資財《しざい》を取り出づるに及ばず。七珍万宝《しちちんまんぼう》、さながら灰燼《くわいじん》となりにき。その費《つひ》え、いくそばくぞ。この度《たび》、公卿《くぎやう》の家十六焼けたり。まして、その外《ほか》は数知らず。すべて、都のうち三分が一に及べりとぞ。男女死ぬる者数千人、馬牛の類《たぐひ》、辺際《へんさい》を知らず。

人の営み、愚かなる中に、さしもあやうき京中《きやうちゆう》の家を作るとて、宝を費《つひ》やし、心を悩ますことは、すぐれてあぢきなくぞ侍《はべ》るべき。

［注5］ **樋口富小路**……東西を走る樋口小路と南北を走る富小路が交差するところ。

安元の大火　現代語訳

大体、物心がついてから四〇年余りの年月を送る間に、世の中に起こる不思議な出来事を見るという経験が、次第に積み重なってきた。

去る安元《あんげん》三年（一一七七）四月二八日であったろうか。風が激しく吹いて騒がしい夜のこと、午後八時頃に都の東南の方角から出火して、西北の方角に燃え広がった。しまいには、朱雀門や大極殿、大学寮、民部省にまで火が移って、一夜のうちに灰となってしまった。

火元は樋口富小路とかいうことで、病人を泊めるための仮小屋より出火したという。吹き乱れる風のため、あちこち燃え移っていくうちに、被災した範囲は扇を広げたような末広がりの形になった。火事から遠い家の人々は煙にむせ、火事に近い辺りではひたすら炎が地面に吹き付けている。空には灰が吹き上げられているので、火の光が映って一面真っ赤である中に、激しい風に耐え切れず、吹きちぎられた炎が、飛ぶようにして三町（三〇〇メートル）ほどを越えながら延焼していく。火事のただ中にいる人は正気でいられるだろうか。ある者は煙に巻かれて倒れ伏し、ある者は炎に目が眩《くら》んですぐに死んでしまう。またある者は、辛うじて命からがら逃げ出すことはできたけれども、家財道具を持ち出すことはできない。被害に遭った家のありとあらゆる宝物が、すべて灰燼《かいじん》に帰してしまった。その損失はいったいどれくらいであろうか。今度の火事で、上級貴族の家は一六軒焼けた。ましてや、それ以外の人々の被害軒数は数え切れないほどだ。都全体では、焼失範囲は三分の一に及んだという。男や女の死者は数千人、馬や牛といった家畜類の死んだ数は限りがない。

人間のやることは皆愚かであるが、これほど危険な都の中に家を造ろうとして財産をつぎ込み、心を悩ませることは、とりわけ虚《むな》しいことである。

炎と煙に包まれた家屋から家財道具を持ち出す人々が描かれる。細部に注目すると、松の木の下に、琵琶らしきものが見える。松の下に描かれているのは、古来より松風が琵琶などの楽器の音に似通うと和歌に詠まれることによるだろう。

治承の辻風

また、治承《ぢしよう》四年《しねん》卯月《うづき》廿九日《にじゆうくにち》の頃、中御門《なかみかど》京極《きやうごく》［注6］のほどより、大きなる辻風《つじかぜ》おこりて、六条わたりまでいかめしく吹けること侍《はべ》りき。

三、四町《ちやう》をかけて吹きまくる間に、その中に籠《こも》れる家ども、大きなるも小さきも、一つとして破れざるはなし。さながら平《ひら》に倒れたるもあり、桁《けた》、柱ばかり残れるもあり。また、門《かど》の上を吹き放ちて、四、五町がほどに置き、また、垣《かき》を吹き払ひて、隣《となり》と一つになせり。いはんや、家の中の宝、数を尽くして空に上がり、檜皮《ひはだ》、葺板《ふきいた》の類《たぐひ》、冬の木《こ》の葉の風に乱るるが如《ごと》し。塵《ちり》を煙の吹きたてたれば、すべて目も見えず。おびたたしく鳴りとよむ音に、もの言ふ声も聞こえず。地獄の業風《ごふふう》なりとも、かくこそはとぞ覚《おぼ》えける。家の損亡《そんまう》するのみ

ならず、これを取り繕《つくろ》ふ間に、身をそこなひ、かたはづける者、数を知らず。この風、未申《ひつじさる》の方に移りゆきて、多くの人の歎《なげ》きをなせり。辻風は常に吹くものなれど、かかることやはある。ただごとにあらず。さるべきもののさとしかなどぞ疑《うたが》ひ侍りし。

［注6］ **中御門京極**……東西を走る中御門大路と、平安京の最も東を南北に走る東京極大路が交差するところ。平安京左京北東部。

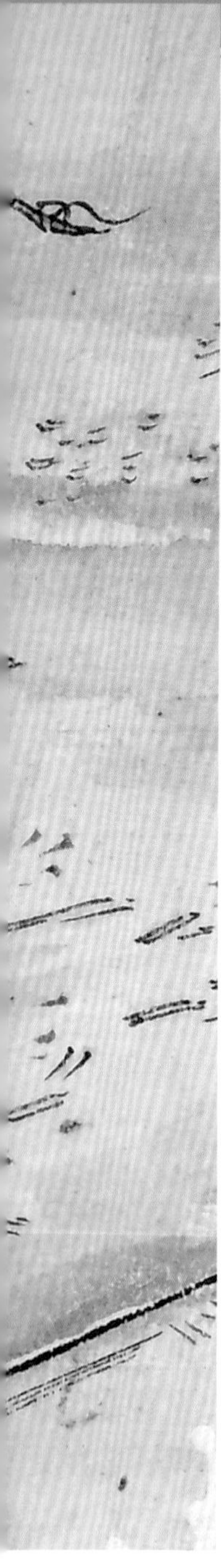

治承の辻風　現代語訳

　また、治承《じしょう》四年（一一八〇）四月二九日の頃、中御門京極辺りで大きな竜巻が起こって、六条辺りまで激しく吹いたことがあった。

　三、四町（三〇〇～四〇〇メートル）を激しく吹き抜ける間に、その進路上にあった家々は、大きいものも小さいものも、一つとして壊れないものはない。すっかり平らに倒壊した家もあり、骨組みの桁《けた》や柱だけ残っている家もある。また、門の上部を吹きちぎって四、五町（四〇〇～五〇〇メートル）余りも離れた場所に運び、また、垣根を吹き飛ばして隣家との境界をなくしてしまった。まして、家の中に大事にしまい込んでいたお宝は、残らず空に舞い上がり、貴族の邸宅の檜皮《ひわだ》だろうが、庶民の家の葺《ふき》板《いた》だろうが、あたかも冬の乾いた落ち葉が風に乱れ飛んでいるかのようなありさまである。土埃《つちぼこり》や砂塵《さじん》を煙のように吹き上げるので、全く目も開けられない。激しく鳴り響く音で、言ったことも聞こえない。地獄で罪人を襲うという、いわゆる「業風《ごうふう》」であっても、これほどではないと思われるのだ。家が壊れたり、なくなったりするだけでなく、家を修理する間に怪我をして、体が不自由になった者も数え切れないほどだ。この風は、平安京の中央部に向かって南西の方へ進んでいき、より多くの人々の嘆きを生んだ。

　強い風は常に吹くものだから、別に珍しいことではないけれども、ここまでひどいことはあるだろうか。ただ事ではない。神仏の警告であろうかなどと疑ったのであった。

「家の中の宝、数を尽くして空に上がり、檜皮、葺板の類、冬の木の葉の風に乱るるが如し。塵を煙の吹きたてたれば、すべて目も見えず」とある様子が描かれている。

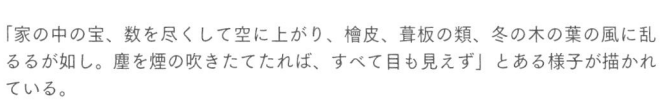

治承の都遷り

また、同じ年の水無月《みなづき》の頃、俄《にはか》に都遷《うつ》り侍《はべ》りき。いと思ひの外《ほか》なりしことなり。おほかた、この京《きやう》のはじめを聞けば、嵯峨《さが》天皇［注7］の御時《おんとき》、都と定まりにけるより後《のち》、すでに数百歳《すひやくさい》を経たり。ことなくて、たやすく改まるべくもあらねば、これを世の人たやすからず愁《うれ》へあへるさま、ことわりにも過ぎたり。

されど、とかく言ふかひなくて、御門《みかど》よりはじめ奉《たてまつ》りて、大臣《だいじん》、公卿《くぎやう》ことごとく移り給《たま》ひぬ。世に仕《つか》ふるほどの人、誰《たれ》か一人故郷に残らん。官位《つかさくらゐ》に思ひをかけ、主君の影を頼むほどの人は、一日《ひとひ》なりとも疾《と》く移らんとはげみあへり。時を失ひ、世に余《あま》されて期《ご》する所《ところ》なき者は、愁へながらとまりをり。軒《のき》を争《あらそ》ひし人の住まひ、日を経つつ荒れゆく。家はこ

ぼたれて淀川《よどがは》に浮かび、地は目の前に畠《はたけ》となる。人の心、みな改まりて、ただ馬、鞍《くら》をのみ重くす。牛、車を用《よう》とする人なし。西南海《さいなんかい》の所領を願ひ、東北国《とうほくこく》の庄園《しやうゑん》をば好まず。

その時、おのづからことのたよりありて、摂津国《せつつのくに》［注8］、今の京に至れり。所のさまを見るに、その地、ほど狭《せば》くて、条里《でうり》を割るに足らず。北は山に沿ひて高く、南は海に近くて下れり。波の音、常にかまびすしくて、潮風ことにはげしく、内裏《だいり》［注9］は山の中なれば、かの木の丸殿［注10］もかくやと、なかなかやう変はりて、優《いう》なるかたも侍りき。日々にこぼちて、川も塞《せ》き敢《あ》へず運び下《くだ》す家、いづくに作れるにかあらん。なほ空《むな》しき地は多く、作れる屋は少なし。

古京《こきやう》はすでに荒れて、新都《しんと》はいまだ成らず。ありとしある人、みな浮雲の思ひをなせり。もとよりこの所に居《を》る者は、地を失ひて

愁へ、今移り住む人は、土木《とぼく》の煩《わづら》ひあることを歎《なげ》く。道の辺を見れば、車に乗るべきは馬に乗り、衣冠《いくわん》、布衣《ほい》なるべきは直垂《ひたたれ》を着たり。都の条理、たちまちに改まりて、ただ鄙《ひな》びたる武士《もののふ》ことならず。これは世の乱るる瑞相《ずいさう》とか聞きおけるもしるく、日を経つつ、世の中浮き立ちて、人の心もをさまらず。民《たみ》の愁へついに空《むな》しからざりければ、同じ年の冬、なほこの京に帰り給ひにき。されど、こぼちわたせりし家ども、いかになりにけるか、ことごとくもとのやうにも作らず。

ほのかに伝へ聞くに、いにしへの賢《かしこ》き御代《みよ》には、憐《あはれ》みをもて国を治め、すなはち、御殿に茅《かや》をふきて、軒《のき》をだもととのへず。煙の乏《とも》しきを見給ふ時は、限りある貢物《みつぎもの》をさへゆるされき。これ、民を恵み、世を助け給ふによりてなり。世の中のありさま、昔になずらへて知りぬべし。

［注7］ **嵯峨天皇**……第五二代天皇（七八六～八四二。在位八〇九～二三）。平安遷都は桓武天皇の七九四年のことであるが、桓武天皇の次の平城《へいぜい》天皇が都を平城京に戻そうとして失敗、その次にあたる嵯峨天皇の時に平安京に安定した政治がもたらされたという。

［注8］ **摂津国**……現在の大阪府北西部と兵庫県南東部にあたる。

［注9］ **内裏**……大内裏の中の天皇の住居。

［注10］ **木の丸殿**……斉明《さいめい》天皇（五九四～六六一）が朝鮮に出兵する際、筑前国（現在の福岡県北部）に丸太で急造した仮の御所を指す。よく和歌に詠まれた。新しい内裏を木の丸殿に例えて褒めているのは皮肉で言ったもの。

治承の都遷り　現代語訳

また、同じ年（治承《じしょう》四年）の六月の頃、急に福《ふく》原《はら》への遷都があった。思いがけないことであった。おおよそ、この平安京のはじまりを聞くと、嵯峨《さが》天皇の御代《みよ》に都と決まって以来、既に数百年がたっている。何の理由もなく、容易に改められるものでもないので、これを世の中の人々が不安に思ったのは、当然すぎることである。

しかし、あれこれ言っても仕方のないことで、天皇をはじめ、大臣も、公卿《くぎょう》も残らず移ってしまわれた。宮廷に仕える身分の人は、誰が一人で旧都に残ろうか。官職や位階の昇進を望み、主君の取り立てを期待するような人は、一日でも早く移動しようと競い合う。時流に乗り遅れ、世間から取り残されて、将来に希望を見出せない人は、憂いながら旧都にとどまった。豪華さを競い合っていた人々の住まいも、日を追うごとに荒れ果てていく。家は解体され、淀川に筏《いかだ》を組んで浮かべられ、宅地は見る間に空き地となっていく。人々の心は、時の権力者、平清盛に合わせる形で貴族風から武家風に入れ替わって、もっぱら馬や鞍《くら》を重んじる。牛や車を必要とする人はいない。平家の息のかかった西南海の所領を望み、源氏方の東国方面の荘園を嫌った。

その時、たまたまちょっとしたついでがあって、摂津国の新しい都を訪れた。その場所の様子を見ると、土地が狭くて、都としての正式な地割りをして、道を通すための十分な広さがない。北側は山に沿って高く、南の方は海に向かって傾斜している。旧都では聞いたことがないような波の音が、常に騒がしく、潮風がとりわけ激しく吹く。天皇の住む御殿である内裏《だいり》は都の一番北に設けられるものなので、山の中になってしまう。かの有名な「木《き》の丸殿《まろどの》」も、このような丸太小屋であったかと、かえって一風変わっていて、優美な一面もある。連日解体し、川をせき止めんばかりに運び送った家はどこに建てたのだろうか。依然として空き地は多く、造った家は少ない。

旧都はすっかり荒廃し、新都は未だに完成しない。すべての人は皆、浮雲のような不安定な思いを

「御門よりはじめ奉りて、大臣、公卿ことごとく移り給ひぬ」とある、治承４年６月２日の安徳天皇の福原行幸の場面。行列の前方には、騎馬で先導する前駆の姿が見える。

している。以前から新都に住んでいた者は、土地を奪われて憂いを抱き、新しく移り住んだ者は、土木工事の苦労を嘆く。道の辺りを見ると、牛車に乗るべき貴族は武家のように馬に乗り、旧都では衣冠《いかん》や布衣《ほい》を着ていた者は武士の服装である直垂《ひたたれ》を着ている。都の生活習慣が急に入れ替わって、もっぱら田舎じみた武士と何ら変わらない。風習が変わるのは、乱世になる前兆と聞いていたがその通りで、源氏の挙兵など、日ごとに世の中が騒がしくなって、人々の心も穏やかでない。人民の嘆きも無視できない状態になったので、同じ年の冬、（安徳）天皇は再び元の都にお帰りになった。しかし、解体して運んだ家々は、どのようになったのであろうか、すべて元通りには建てられない。

ちらっと伝え聞いたところでは、昔の優れた君主の治世では、民へのいたわりの心をもって国を治めたという。つまり、中国の聖王である堯《ぎょう》は、宮殿を造る時に簡素な茅《かや》で屋根を葺《ふ》いたが、それをきれいに切りそろえることすらせず、また仁徳《にんとく》天皇は、夕方、飯《めし》を炊く時間になっても人民の家々から煙が立っていないのを見て、租税《そぜい》を七年間免除した。これは、人民に恩恵を施し、この世をよりよいものにしようとなさったためである。今の世の中のありさまについても、昔の聖王の治世と比較して理解すべきである。

養和の飢饉

［一］

また、養和《やうわ》の頃かとよ、久しくなりて確かにも覚《おぼ》えず。二年《ふたとせ》か間、飢渇《けかつ》して、浅ましきこと侍《はべ》りき。或《ある》は春、夏、日照り、或は秋、冬、大風《おほかぜ》、大水《おほみづ》など、よからぬことどもうちつづき、五穀《ごこく》［注11］ことごとく実らず。空《むな》しく、春耕し、夏植うる営みのみありて、秋刈り、収むるぞめきはなし。これによって、国々の民《たみ》、或は地を捨てて境《さかひ》を出《い》で、或は家を忘れて山に住む。さまざま御祈《おんいの》りはじまり、なべてならぬ法ども行はるれど、さらにその験《しるし》なし。

［注11］ **五穀**……米、麦、黍《きび》、粟《あわ》、豆の五種類の穀物。ここでは広く穀物のこと。

［二］

京《きやう》のならひ、何はにつけても、みなもとは田舎《ゐなか》をこそ頼めるに、絶えて上《のぼ》る物なければ、さのみやは操《みさを》も作りあへむ。念じわびつつ、さまざまの宝物、片端《かたはし》より捨つる如《ごと》くすれども、さらに目見《めみ》たる人なし。たまたま換《か》ふる物は、金《こがね》を軽《かろ》くし、粟《あは》を重くす。乞食《こつじき》、道の辺に多く、愁《うれ》へ悲しぶ声、耳に満てり。

先の年、かくの如く、からくして暮れぬ。明くる年は、立ち直るべきかと思ふに、あまさへ疫病《えやみ》打ち添ひて、まさるやうに跡かたなし。世の人、みな飢ゑ死にければ、日を経つつきはまりゆくさま、少水《せうすい》の魚のたとへにかなへり。果てには、笠《かさ》うち着、足ひき包み、よろしき姿したる者、ひたすら家ごとに乞ひ歩く。かくわびしれたる者ども、歩くかと見れば、すなはち倒れ死ぬ。築地《ついひぢ》のつら、路頭《ろとう》

に飢ゑ死ぬる類《たぐひ》は数知らず。取り捨つるわざもなければ、臭《くさ》き香、世界に満ち満ちて、変はりゆくかたちありさま、目も当てられぬこと多かり。いはんや、河原《かはら》などには、馬、車の行き違《ちが》ふ道だにもなし。

［三］

あやしき賤《しづ》、山賤《やまがつ》も力尽きて、薪《たきぎ》にさへ乏《とも》しくなりゆけば、頼むかたなき人は、自ら家をこぼちて市《いち》に出《い》でて売るに、一人が持ち出でぬる値《あたひ》、なほ一日のが命を支ふるにだに及ばずとぞ。あやしきことは、かかる薪の中に、丹《に》付き、銀、金の箔《はく》、所々に付きて見ゆる木《こ》の割れ、相《あひ》混じれり。これを尋《たず》ぬれば、すべきかたなき古寺に至りて、仏を盗み、堂の物の具を破り取りて、割り砕けるなりけり。濁《ぢょく》悪《あく》の世にしも生まれあひて、かかる心憂《こころう》きわざをなん見侍《はべ》りき。

またあはれなること侍りき。去りがたき女《め》、男《をとこ》など持ちたる者は、そのこころざしまさりて深きは必ず死す。その故《ゆゑ》は、我が身をば次になして、男にもあれ女にもあれ、いたはしく思ふかたに、たまたま乞ひ得たる物を

先《ま》づ譲るによりてなり。されば、父子ある者は、定まれることにて、親ぞ先立ちて死にける。父母が命尽きて臥《ふ》せるを知らずして、いとけなき子、その乳房に吸ひ付きつつ臥せるなどもありけり。

［四］

仁和寺《にんなじ》［注12］に隆暁法印《りゆうげうほふいん》といふ人、かくしつつ数知らず死ぬることを悲しみて、聖《ひじり》をあまた語《かた》らひつつ、その死首《しにくび》の見ゆるごとに、阿字《あじ》［注13］を書きて縁《えん》の結ばしむるわざをなんせられける。その数を知らむとて、四、五両月《りやうげつ》がほど数へたりければ、京《きやう》の中、一条より南、九条より北、京極《きやうごく》より西、朱雀《すざく》より東、道の辺にある頭《かしら》、すべて、四万《しまん》二千三百余《あま》りなんありける。いはんや、その前後に死ぬる者も多く、河原《かはら》、白河《しらかは》［注14］、西の京、もろもろの辺地《へんぢ》などを加へて言はば、際限《さいげん》もあるべからず。いかにいはんや、諸国七道《しちだう》をや。近くは崇徳院御位《すとくゐんおほんくらゐ》の時、長承《ちやうしよう》の頃［注15］かとよ、かかる例《ためし》はありけると聞けど、その世のありさまは知らず。目の当《ま》たりは、いとめづらかに、悲しかりしことなり。

［注12］**仁和寺**……京都市右京区御室にある真言宗御室派の寺。光孝天皇の遺志を継いだ宇多天皇により仁和四年（八八八）に完成した。代々僧籍に入った皇子（法親王）が住職を務めた格式高い寺院。

［注13］**阿字**……अ。大日如来を示す。死者の額に阿字を書いたのは、菩提を弔《とむら》うためであろう。

［注14］**白河**……賀茂川東岸から東山までの一帯。

［注15］**崇徳院御位の時、長承の頃**……崇徳天皇は第七五代天皇（一一一九～六四。在位一一二三～四一）。飢饉《ききん》があったのは長承二年～四年（一一三三～三五）頃。

養和の飢饉　現代語訳

［一］

また、養和《ようわ》の頃（一一八一～八二）であったか、しばらくたってしまったので、はっきりとは覚えていない。二年間、飢《き》饉《きん》が発生して、ひどく嘆《なげ》かわしいことがあった。一方では春、夏に日照りがあり、一方では秋、冬に大風、洪水が起こるなど、悪いことが続き、五穀《ごこく》が全く実らない。虚《むな》しく春に田畑を耕し、夏に苗を植えるという作業だけがあって、秋に刈り取り、倉に収めるというにぎわいがない。こうした状況によって、諸国の農民は、ある者は土地を捨てて国の境を出て、ある者は家を空けて山に住んだ。社寺《しゃじ》ではさまざまなお祈りがはじまり、特別な修《しゅ》法《ほう》などが行われたが、全くその効験《こうけん》がなかった。

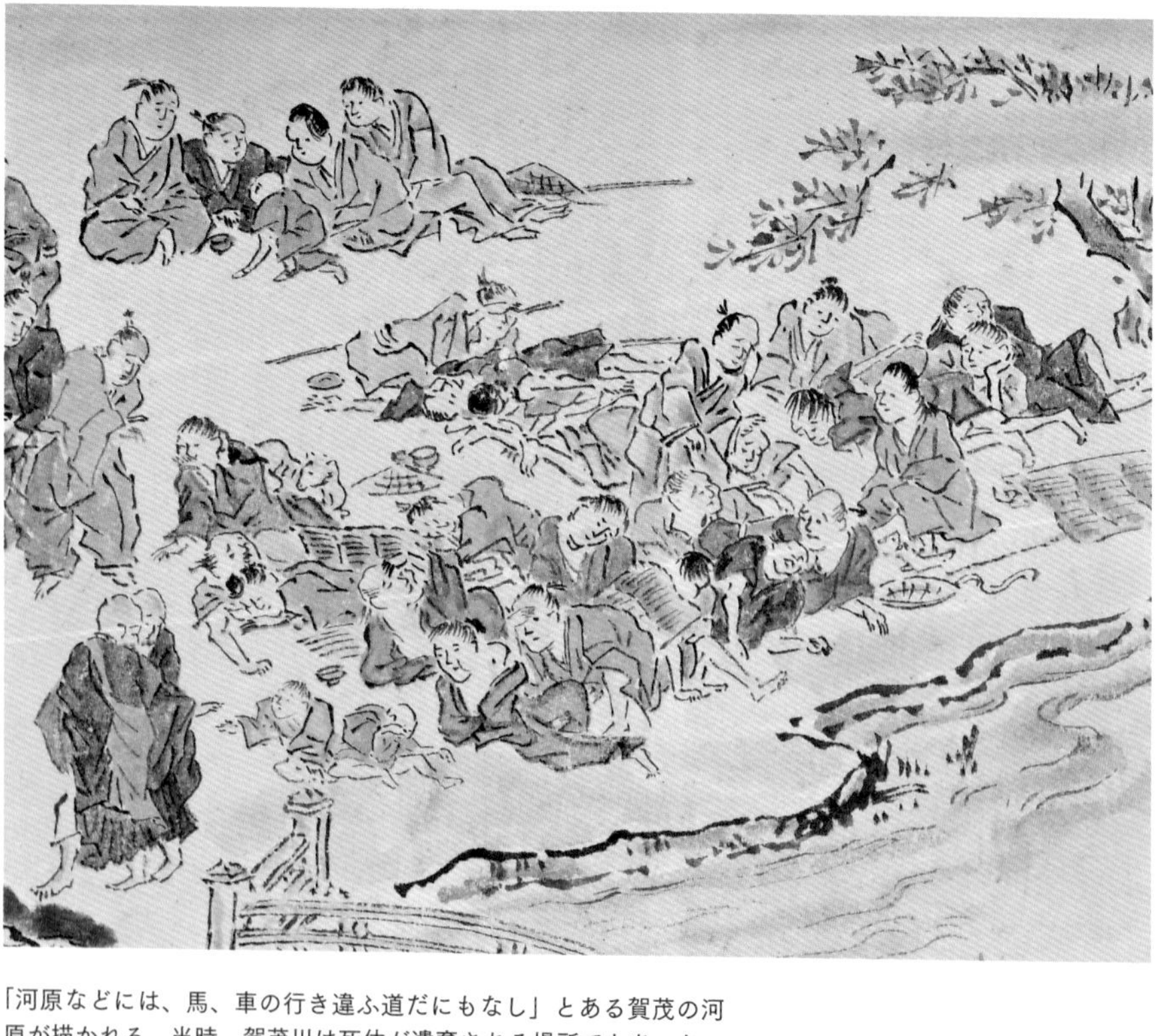

「河原などには、馬、車の行き違ふ道だにもなし」とある賀茂の河原が描かれる。当時、賀茂川は死体が遺棄される場所でもあった。

「あやしき賤、山賤も力尽きて、薪にさへ乏しくなりゆけば、頼むかたなき人は、自ら家をこぼちて市に出でて売る」と本文に見える、市で薪を売る人々が描かれる。

［二］

京都での生活は、食べるものでも何でも、地方を頼りにしているため、少しも都に入ってこないものだから、体裁を気にして平静を装ってなんていられようか。耐えかねて、宝物を片っ端から捨て売りしても、全く目を留める人がいない。まれに何かと交換できたとしても、本来貴重で重みもある、金目《かねめ》のものが軽んじられる一方、普段は当たり前の存在で目方《めかた》も軽い、粟《あわ》をはじめとした食べ物が重んじられる。物乞いをする人が道端にあふれ、嘆き悲しむ声がそこら中から聞こえてくる。

前の年はこのようなありさまで、何とか過ぎた。次の年は日常に戻るかと思っていると、さらに伝染病の流行まで加わり、ひどくなる一方で全く回復の兆しがない。ほとんどの人が飢え死にしてしまったので、日を追うごとに極限状態に陥っていくさまは、少ない水の中でもがく瀕死の魚のようだ。しまいには、外出用の笠をかぶり、脚絆《きゃはん》を身につけた、そう低い身分には見えない服装の者が、ひたすら一軒一軒食べ物を乞い歩く。このように困窮のあまり正気を失った人たちが、歩いているかと見ていると、すぐに倒れて死んでしまう。土塀《どべい》の辺りや路頭に見える餓死者たちの数は限りなく多い。片付けることもないので、死臭が辺り一面に満ち、死骸が腐乱していく様子はあまりに悲惨で、見るに堪えないことばかりだ。まして、平時でも死骸が放置される賀茂の河原などでは、馬や牛車の行き来する道もないくらいだ。

［三］

身分の低いきこりも力尽きて、燃料の薪《たきぎ》さえ不足していったので、当てがない人は、自分の家を壊して市場《いちば》に出して売るが、やっとのことで持ってきた薪の値段は、一人がたった一日命をつなぐために必要な分にさえならないという。おかしなことは、このような薪の中に、顔料《がんりょう》の赤色が付いたり、銀箔《ぎんぱく》や金箔が所々に付いたりしたように見える木の破片が混ざっていることである。訳を聞いてみると、住職がいなくなった古寺《ふるでら》に行って仏を盗み、お堂の仏具を壊し奪って、割り砕いたのであった。穢《けが》れと罪悪が満ちている末法《まっぽう》の世に生まれ合わせてしまい、このようなひどい人間の業《ごう》のような行いを見て、心底つらい気持ちになったのであった。

また一方で、心打たれる悲しい出来事もあった。見捨てることのできない妻や夫がいる者は、その愛情が相手より深い方が必ず先に死ぬ。理由は、自分のことは後回しにして、男であっても女であっても、大事に思う方に、たまたま手に入った食料を真っ先に譲るからである。だから、親子でいるものは、決

まって親が先に死ぬのだ。父母の命が尽きて倒れているのも分からずに、幼子《おさなご》が、母親の乳房に吸い付いたまま横になっていることもあった。

「仁和寺に隆暁法印といふ人、かくしつつ数知らず死ぬることを悲しみて、聖をあまた語らひつつ、その死首の見ゆるごとに、阿字を書きて縁の結ばしむるわざをなんせられける」に基づく絵。「聖をあまた語らひつつ」（僧侶たちをたくさん集め）は古本系統にはなく、流布本系統にのみにある本文であり、その内容に従って大勢の僧侶が描かれている。右端の僧侶が隆暁法印であろう。

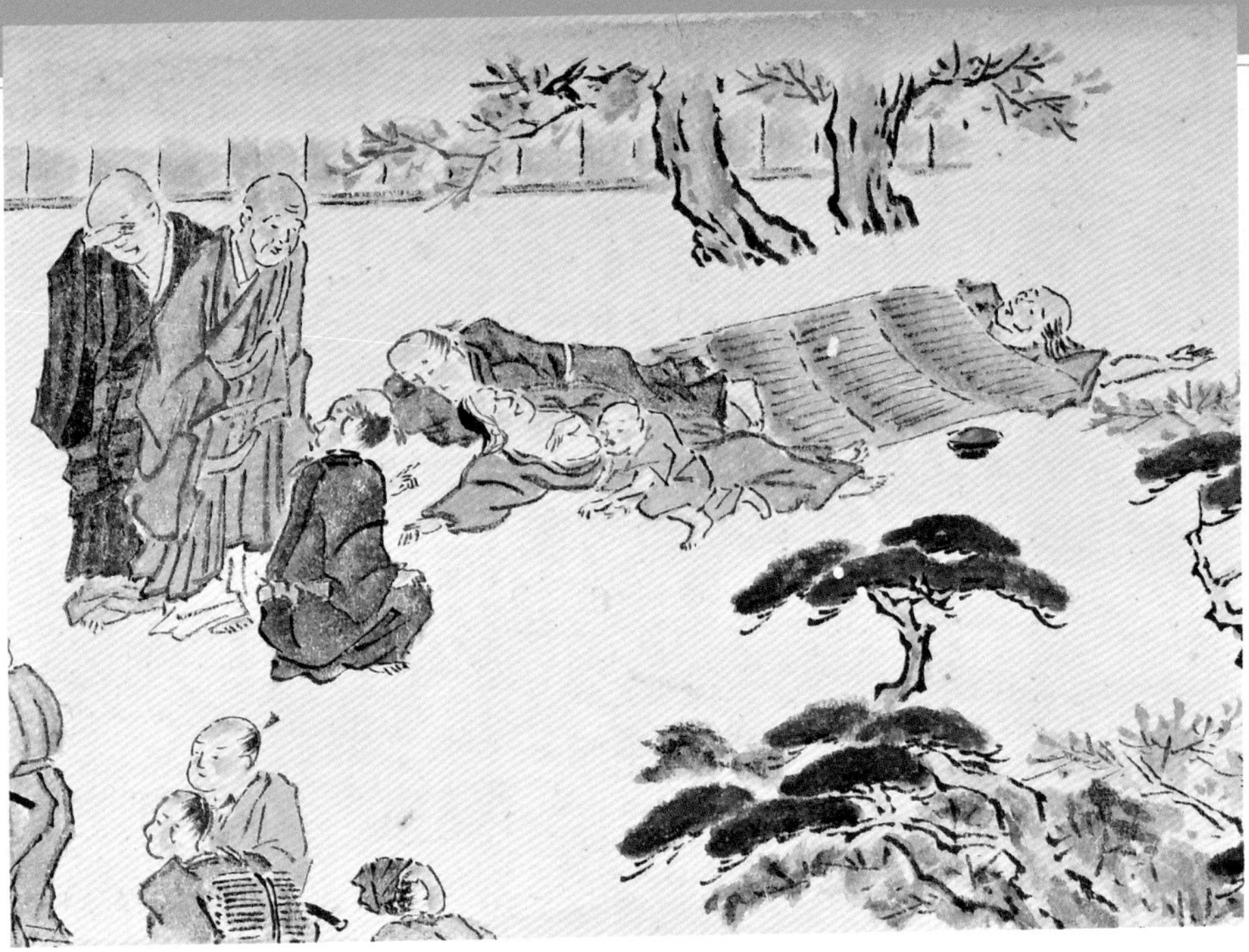

「父母が命尽きて臥せるを知らずして、いとけなき子、その乳房に吸ひ付きつつ臥せるなどもありけり」の様子が描かれる。

〔四〕

仁和寺《にんなじ》の隆暁《りゅうぎょう》法印《ほういん》という高僧が、このように数多く人々が亡くなっていくことを悲しんで、僧侶たちをたくさん集め、死んだ者の頭それぞれに、梵字《ぼんじ》の阿字《あじ》を書いて死者と仏との縁を結び、往生できるようにご供養なさった。いったい何人亡くなったのか、四、五月の二カ月間を数えてみると、平安京の中で、一番北の一条大路より南側、一番南の九条大路より北側、東京極大路より西側、朱雀大路より東側、つまり左京全体の道端に横たわる死骸は、全部で四万二三〇〇余りであった。まして、その前後に亡くなった人も多く、範囲を広げて賀茂の河原、白河、平安京の右京、さらに周辺の地方などを加えて言えば、その死者の数はきりがないに違いない。ましてや、もっと範囲を広げれば、さらに膨大な数となろう。

近年では、崇徳《すとく》天皇の御代の長承《ちょうしょう》の頃であったか、このような前例があったと聞いているけれど、その頃自分は生まれていなかったので詳細は分からない。実際、目の当たりにしてみると、とても異常で、悲しい出来事であった。

元暦の地震

［一］

また、元暦《げんりやく》二年の頃、大地震《おほなゐ》ふること侍《はべ》りき。そのさま常ならず。山崩れて川を埋《うづ》み、海［注16］傾きて陸を浸《ひた》せり。土裂けて水涌《わ》き上がり、巌《いはほ》割れて谷に転《まろ》び入る。渚漕《なぎさこ》ぐ舟は波漂《ただよ》ひ、道行く駒《こま》は足の立ち処《ど》を惑《まど》はせり。いはんや、都の辺には、在々所々《ざいざいしよしよ》、堂舎《だうしや》塔廟《たふめう》、一つとして全《また》からず。或《ある》は崩れ、或は倒れたる間、塵灰《ちりはひ》立ち上《のぼ》りて盛りなる煙の如《ごと》し。地にふるひ、家の破るる音、雷《いかづち》にことならず。家の中に居《を》れば、忽《たちまち》に打ちひしげなんとす。走り出《い》づれば、また地割れ裂く。羽《はね》なければ空へも上がるべからず。龍《りよう》ならねば雲に昇らんことかたし。恐れの中に恐るべかりけるは、ただ地震《なゐ》なりけりとぞ覚《おぼ》へ侍りし。

一　[注16]　**海**……近《ちか》つ淡海《あわうみ》、琵琶湖のこと。

［二］

その中に、ある武士《もののふ》の一人子の、六、七ばかりに侍《はべ》りしが、築地《ついひぢ》の覆《おほ》ひの下に小家《こいへ》を作りて、はかなげなる跡なしごとをして遊び侍りしが、俄《にはか》に崩れ埋められて、跡形なく平《ひら》に打ちひさがれて、二つの目など一寸ばかり打ち出《い》だされたるを、父母抱へて声も惜しまず悲しみあひて侍りしこそ、あはれに悲しく見侍りしか。子の悲しみには、猛《たけ》き者も恥を忘れけりと覚《おぼ》えて、いとほしく、ことわりかなとぞ見侍りし。［注17］

かくおびたたしくふることは、しばしにてやみにしが、その名残《なごり》、しばしは絶えず。世の常に驚くほどの地震《なゐ》、二、三十度ふらぬ日はなし。十日、廿日過《はつか》ぎにしかば、やうやう間遠《まどほ》になりて、或《ある》は四、五度、二、三度、もしは一日《ひとひ》まぜ、二、三日に一度など、おほかた、

その名残、三月《みつき》ばかりや侍りけん。

四大種《しだいしゅ》の中に水《すい》、火《か》、風《ふう》は常に害をなせど、大地に至りては、殊《こと》なる変をなさず。昔、斉衡《さいかう》の頃かとよ、大地震《おほなゐ》ふりて、東大寺の仏の御首《みぐし》落ちなどして、いみじきことども侍りけれど、なほ、この度《たび》にはしかずとぞ。すなはち、人皆あぢきなきことを述べて、いささか心の濁りも薄らぐかと見しほどに、月日重なり、年越えしかば、後《のち》は言の葉にかけて言ひ出だす人だになし。

—［注17］この段落は、古本系統には記述がない。（102頁参照）

「海傾きて陸を浸せり」とある琵琶湖で起きた津波が描かれる。琵琶湖での津波被害は当時の記録や発掘調査によって明らかになっている。

元暦の地震　現代語訳

［一］

また、元暦《げんりやく》二年（一一八五）の頃、大地震があった。その揺れは尋常ではなく、景色を一変させた。山崩れが起こって川を埋め、琵琶湖の水は北に流れて津波が起きた。地割れが発生して水が湧き出し、高くそびえる岩が崩落して谷に転がり落ちた。波打ち際を漕いでいく船は波に翻弄《ほんろう》され、道を行く馬は足元が定まらない。まして、都の近くでは、どこもかしこも、寺院の建物や塔など、一つとして被害を受けなかったものはない。あるものは崩壊し、あるものは倒壊している間、塵《ちり》や灰などが立ち上って盛んに上る煙のようである。地面が震動し、家が壊れる音は雷鳴と同じだ。家の中にいれば、瞬《また》く間に押しつぶされそうになる。外に駆け出せば、今度は地面が割れる。羽がないので空へ飛び立つこともできない。龍ではないので雲に昇ることもかなわない。恐ろしい災害の中でも、最も用心しなくてはならないのは、まさに地震であると思ったのだった。

「ある武士の一人子の、六、七ばかりに侍りしが、築地の覆ひの下に小家を作りて、はかなげなる跡なしごとをして遊び侍りしが、俄に崩れ埋められて、跡形なく平に打ちひさがれて、二つの目など一寸ばかり打ち出だされたるを、父母抱へて声も惜しまず悲しみあひて侍りしこそ、あはれに悲しく見侍りしか」という、流布本系の本文のみにある「武士の一人子」を絵画化している。

［二］

そのさなかに、ある武士の一人っ子で、六、七歳ほどであった子が、土塀《どべい》の屋根の下で小さな家を作って、無邪気にとりとめのない遊びをしていた。それが、突然崩れた土塀の下敷きとなり、元の姿が分からないほど平らに押しつぶされて、両方の目玉が、一寸（三センチ）ほど飛び出したのを、父母が抱きかかえて泣き叫んでいたのは、本当にかわいそうで、同情を禁じ得ず見ていたのだった。かわいいわが子を失った悲しみにより、勇ましい武士であっても人目を恥じる気持ちを忘れて嘆くのも当然で、気の毒に思ったのだった。

このような激しい揺れは、少しして収まったが、余震はしばらく続いた。普段だったら驚くほどの地震が、一日に二〇～三〇回は起こる。一〇日、二〇日が過ぎると、だんだん間遠になって、ある時は一日に四、五回、二、三回、もしくは一日おき、二、三日に一回など、大体、余震は三カ月ほど続いただろうか。

仏教で説く、「地《ち》」「水《すい》」「火《か》」「風《ふう》」といった、この世を構成する四つの元素「四大種《しだいしゅ》」の中で、「水」「火」「風」は常に災害を起こすけれど、大地については、とりわけ変化をしないものである。昔、斉衡《さいこう》の頃（八五四～五七）であったか、大地震が起こって、奈良東大寺の大仏の頭部が落ちるなどといった大変なことがあったが、何といっても今回の地震には及ばないということだ。そういうわけで、人々は皆、この世が不条理に満ちているということを口々に述べて、少しは煩悩が薄らぐだろうかと見ていると、月日が重なり、年を越すと、その後は口に出して言い出す人もいなくなった。

人間生活の苦しみ

すべて、世のありにくきこと、我が身と栖《すみか》とのはかなく、あだなるさま、かくの如《ごと》し。いはんや、所により、身のほどに従ひて、心を悩ますこと、あげて数《かぞ》ふべからず。

もし、おのづから身かなはずして、権門《けんもん》のかたはらに居《を》る者は、深くよろこぶことはあれども、大《おほ》きに楽しぶにあたはず。歎《なげ》きある時も、声をあげて泣くことなし。進退《しんだい》やすからず。立ち居につけて、恐れをののく。たとへば、雀《すずめ》の鷹《たか》の巣に近づけるが如し。もし、貧しくして、富《と》める家の隣《となり》に居る者は、朝夕《あさゆふ》、すぼき姿を恥ぢて、へつらひつつ出《い》で入る。妻子、僮僕《とうぼく》のうらやめるさまを見るにも、富める家の人のないがしろなる気色《けしき》を聞くにも、心念々に動きて、時としてやすからず。もし、

狭《せば》き地に居れば、近く炎上《えんしやう》する時、その害を逃るることなし。辺地《へんち》にあれば、往反《わうばん》わづらひ多く、盗賊《たうぞく》の難離れがたし。

勢《いきほ》ひある者は貪欲《とんよく》深く、ひとり身なる者は人に軽《かろ》しめらる。宝あれば恐れ多く、貧しければ歎き切《せち》なり。人を頼めば、身、他《た》の奴《やつこ》となり、人を育《はぐ》くめば、心、恩愛《おんない》につかはる。世に従へば身苦《くる》し。また、従はねば狂人に似たり。いづれの所を占《し》め、いかなるわざをしてか、しばしもこの身を宿《やど》し、玉ゆらも心を慰《なぐさ》むべき。

我が身、父方の祖母の家を伝へて、久しく彼《か》の所に住む。その後、縁欠け、身衰へて、しのぶかたがたしげかりしかば、つひに跡とむることを得ずして、三十余《みそぢあま》りにして、さらに、我が心と一つの庵《いほり》を結ぶ。これをありし住まひになずらふるに、十分《じふぶん》か一なり。ただ居屋《ゐや》ばかりを構《かま》へて、はかばかしくは屋《や》を作

るに及ばず。わづかに築地《ついひぢ》をつけりといへども、門《かど》建つるにたづきなし。竹を柱として、車宿《くるまやど》りとせり。雪降り、風吹くごとに、危《あや》ふからずしもあらず。所は河原《かはら》近ければ、水の難深く、白浪《しらなみ》［注18］の恐れも騒がし。

すべて、あらぬ世を念じ過《す》ぐしつつ、心を悩ませることは三十余年《さんじふよ》なり。その間、折々《をりをり》のたがひめに、おのづから短き運をさとりぬ。すなはち、五十《いそぢ》の春を迎へて、家を出で、世を背《そむ》けり。もとより妻子なければ、捨てがたきよすがもなし。身に官禄《くわんろく》あらず、何に付けてか執《しふ》をとどめん。空《むな》しく大原山《おほはらやま》［注19］の雲にいくそばくの春秋をか経ぬる。

［注18］　**白浪**……賀茂川の水害（白浪）と「盗賊」の意味である「白浪」を掛けている表現。
［注19］　**大原山**……都の北東。比叡山の北西麓。隠遁者《いんとん》の多くが住まう場所でもあった。

「辺地にあれば、往反わづらひ多く、盗賊の難離れがたし」「所は河原近ければ、水の難深く、白浪の恐れも騒がし」と本文に２箇所出る「盗賊」（「白浪」は盗賊のこと）が、家財道具を盗み出す様子が描かれている。

人間生活の苦しみ　現代語訳

総じて、世の中が生きづらく、我々人間と住まいがもろく、はかないものであるさまは、以上述べた通りである。まして、場所や環境、身分や境遇によって心を苦しめることは、数え切れないほどだ。

もし、うだつが上がらず、到底及ばないような権力者の近くに住んでいる人は、とても嬉しいことがあっても、大いに喜ぶことができないだろう。悲しいことがあるときも、声を上げて泣くことすらできない。一挙手一投足において気を遣い、立ち居振る舞いのたびに恐れおののくさまは、例えば、雀が鷹の巣に近づいておびえ震えるのと同じなのだ。もし、貧しい生活をしていて、裕福な家の隣に住んでいるとしたら、朝晩、自分のみすぼらしい姿を恥ずかしく思って、隣家のご機嫌を取りながら自分の家に出入りするようになるだろう。妻子や召使いの少年までもが隣家をうらやましそうにしているさまを見るにつけ、また裕福な隣家の人が自分たちを侮《あなど》り軽んじている気配を感じるにつけ、心が常に動揺して、いっときたりとも安まることがないのだ。もし、家が立て込んだ狭い土地に住むとしたら、近くで火事が起きたとき、類焼《るいしょう》を免れることができないだろう。そうかといって、人里離れた田舎に住むと、行き来が大変で、盗賊に襲われる心配がつきものだ。

権勢を誇る者は欲深く、後ろ盾のない者は人に侮られる。宝を持っていれば心配が多く、そうかといって、貧しければ悲しみは切実だ。人を頼りにすると、わが身はその人の下僕《げぼく》となり、そうかといって、人を世話すれば、心は情に縛られる。世間の常識に従えば、わが身は窮屈で生きにくい。一方で、従わないと変わり者のように見られる。どこに住み、そこでどのように過ごせば、しばらくの間でもこの身を落ち着かせ、ほんのわずかの間も心を慰めることができるのだろうか。

私の身の上を振り返ってみると、父方の祖母の家を受け継いで、長い間そこに住んでいた。しかしその後、縁が切れ、落ちぶれてしまい、長年住み慣れた家は、思い出深く、去り難かったけれど、とうとうとどまることができなかったので、三〇歳余りで、新たに、自分の心のままに小さな家を建てた。この家を以前の住まいと比べると、一〇分の一の大きさである。ただ、居住する建物だけ造り、本格的な屋敷を造ることはできなかった。かろうじて土塀《どべい》を作ったといっても、門を建てるだけの資金がなかった。竹を柱として造った建物を、牛車を入れる場所とした。雪が降ったり、風が吹いたりするたびに、倒れそうで危なく、心配がないわけでもない。場所は賀茂の河原に近いので、水害が多く、その洪水の白波ばかりか、盗賊の心配もあって落ち着かない。

およそ、つらい世の中を耐え忍びながら、心を苦しめて生きること、三十有余年であった。その間、思い通りにならないことが度重なって、自然と自分の運のなさを悟ったのであった。そこで、五〇歳の春になって、家を出て仏門に入り、俗世間を離れた。もともと妻も子もなかったので、後ろ髪引かれるような縁者もいない。官位もないし、給与ももらっていないので、何に対して未練が残ろうか。そうして、隠棲《いんせい》した大原の地で無意味に多くの歳月を過ごしてしまった。

方丈の庵

ここに六十《むそぢ》の露《つゆ》、消えがたに及びて、さらに末葉《すゑは》の宿りを結べることあり。いはば、狩人《かりうど》の一夜の宿を作り、老いたる蚕《かひこ》の繭《まゆ》を営《いとな》むが如《ごと》し。これを中頃《なかごろ》の栖《すみか》になずらふれば、また百分《ひやくぶん》が一にだにも及ばず。とかくいふほどに、齢《よはひ》は歳々《としどし》に傾き、栖は折々に狭《せば》し。その家のありさま、世の常ならず。広さはわづかに方丈《はうぢやう》、高さは七尺《しちしやく》がうちなり。所を思ひ定めざるが故《ゆゑ》に、地《ち》を占《し》めて作らず。土居《つちゐ》を組み、打ち覆《おほ》ひを葺《ふ》きて、継目《つぎめ》ごとに掛《か》け金《がね》をかけたり。もし、心にかなはぬことあらば、やすく外《ほか》に移さんがためなり。その改め作る時、いくばくの煩《わづら》ひかある。積むところ、わづかに二両《にりやう》なり。車の力を報《むく》ふる外は、さらに用途《ようとう》いらず。

今、日野山《ひのやま》［注20］の奥に跡をかくして、南

に仮《かり》の日隠《ひがく》しをさし出《い》だして、竹の簀子《すのこ》を敷き、その西に閼伽棚《あかだな》を作り、中には西の垣《かき》に添へて阿弥陀《あみだ》の絵像を安置《あんぢ》し奉《たてまつ》りて、落日《らくじつ》を請ひて眉間《みけん》の光とす。彼《か》の帳《ちやう》のとびらに、普《ふ》賢《げん》[注21]ならびに不動《ふどう》[注22]の像を掛けたり。北の障子《しやうじ》の上に小さき棚を構《かま》へて、黒き皮籠《かはご》、三《さん》、四合《しがふ》を置く。すなはち、和歌、管絃《かんげん》、往《わう》生要集《じやうえうしふ》[注23]如き抄物《せうもつ》を入れたり。かたはらに、箏《さう》、琵琶《びは》、おのおの一張《いつちやう》を立つ。いはゆる、折《を》り琴、継《つ》ぎ琵琶、これなり。東に添《そ》へて蕨《わらび》のほどろを敷き、つかなみを敷きて夜の床《ゆか》とす。東の垣に窓を開けて、ここに文机《ふづくえ》を作り出だせり。枕の方《かた》に炭櫃《すびつ》あり。これを柴《しば》折りくぶるよすがとす。庵《いほり》の北に少地を占め、あばらなる姫垣《ひめがき》を囲ひて園《その》とす。すなはち、諸《もろもろ》の薬草を植《う》ゑたり。仮の庵のありやう、かくの如し。[注24]

その所のさまをいはば、南に懸樋《かけひ》あり。巌《いはほ》

畳《たた》みて水を溜《た》めたり。林、軒《のき》近ければ、爪木《つまぎ》を拾《ひろ》ふに乏《とも》しからず。名を外山《とやま》といふ。正木《まさき》の葛《かづら》、跡を埋《うづ》めり。谷繁《しげ》れど、西は晴れたり。観念《くわんねん》のたよりなきしもあらず。春は藤波《ふぢなみ》を見る。紫雲《しうん》の如くして、西の方に匂《にほ》ふ。夏は時鳥《ほととぎす》を聞く。語《かた》らふごとに死出《しで》の山路《やまぢ》を契《ちぎ》る。秋は蜩《ひぐらし》の声、耳に満てり。空蝉《うつせみ》の世を悲しむと聞こゆ。冬は雪をあはれむ。積もり消ゆるさま、罪障《ざいしやう》にたとへつべし。

もし、念仏《ねんぶつ》ものうく、読経《どきやう》まめならざる時は、みづから休み、みづから怠《おこた》るに、妨《さまた》ぐる人もなく、また恥《は》づべき友もなし。ことさらに無言《むごん》をせざれども、ひとり居《を》れば口業《くごふ》を修《おさ》めつべし。必ず禁戒《きんかい》を守るとしもなけれども、境界《きやうがい》なければ何につけてか破らん。

もし、跡《あと》の白波《しらなみ》に身を寄する朝《あした》には、岡《おか》の屋《や》に行《ゆ》きかふ舟を眺めて、満沙弥《まんしやみ》［注25］が風《ふ》情《ぜい》を盗《ぬす》み、もし桂《かつら》の風《かぜ》、撥《ばち》を鳴らす夕《ゆふ》べには、

作品集
A4判
オールカラー
作品の世界に浸るならこの1冊
大画面で
作品に
迫る
『小原古邨作品集』より
細部
じっ
色がきれい！
わかりやすいと大評判！
ART BEGINNERS' COLLECTION
もっと知りたいシリーズ
全9
刊行
ひとりの
画家や流派と
向き合いたい方に
巴水の東京
『もっと知りたい川瀬巴水と新版画』より
すぐわかるシリーズ
代表作・名品を精選
見かたのポイントを
ズバリ！
東髪の普及で生まれた
モダンなデザインの洋櫛
『すぐわかる日本の装身具』より
コラムやチャートも充実
忘れがたい
足跡を遺した
作家や作品を
選りすぐって
紹介。
「通好み」の
あなたへ
ToBi selecti
『ヴィルヘルム
静寂

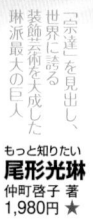

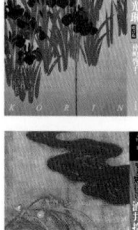

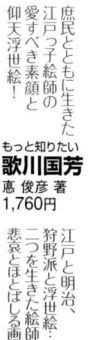

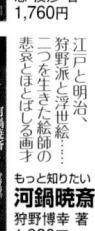

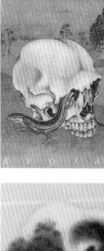

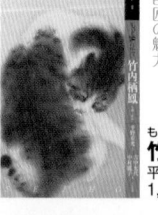

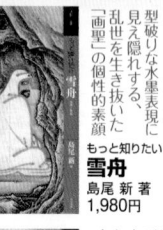

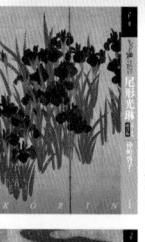

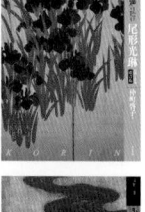

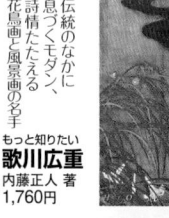

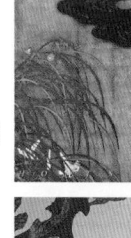

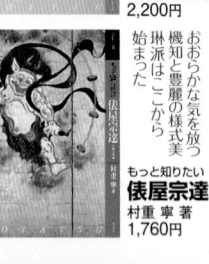

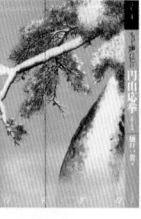

浮世絵の基礎知識と
主要な作品を網羅。
初期浮世絵も充実の
浮世絵入門の決定版

もっと知りたい
浮世絵
田辺昌子 著
2,200円

皇室とのつながりと
真言密教の頂点。
所蔵の宝物が語る
優雅で厳粛な歩み

もっと知りたい
仁和寺の歴史
久保智康・朝川美幸 著
2,200円

モダンデザインの
ルーツがここに。
世界に影響を与えた
造形学校のすべて

もっと知りたい
バウハウス
杣田佳穂 著
2,200円

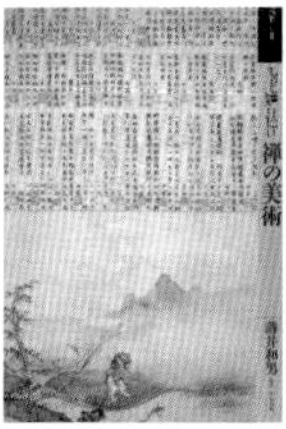

悟りの境地を
絵画や枯山水で表現。
具現化された
禅の心を読み解く

もっと知りたい
禅の美術
薄井和男 監修
2,200円

運慶と快慶――。
二人の天才を擁した
鎌倉仏師の一大流派、
その真価と興隆の秘密

もっと知りたい
慶派の仏たち
根立研介 著
2,200円

最古の木造伽藍《がらん》は
仏像彫刻の源流と
日本仏教の歴史を知る
仏像の一大宝庫

もっと知りたい
法隆寺の仏たち
金子啓明 著
1,980円

形やしぐさを読み解き、
古代の暮らしを再現。
はにわの魅力に
どっぷりつかる！

もっと知りたい
はにわの世界
若狭 徹 著
1,980円

相撲を取る蛙と兎
見るほどに深まる謎
かわいいだけではない
この絵巻の愉しみ方

もっと知りたい
鳥獣戯画
土屋貴裕・三戸信惠 監修・著
2,200円

天武から持統へ――
天皇の願いを継ぎ
薬師如来が見守る里に
今蘇る、白鳳の大伽藍

もっと知りたい
薬師寺の歴史
薬師寺 監修
2,200円

書の美を一変させた、
真筆がなくても
崇められる実力と、
「神格化」ラプソディ

もっと知りたい
書聖王羲之の世界
島谷弘幸 監修
1,980円

一門の実力が
見せつける
百花繚乱、
天才・奇才の競演

もっと知りたい
狩野派
―探幽と
江戸狩野派―
安村敏信 著
1,980円

遷都千三百年、
古都の移ろいの中
たたずみ続ける
仏たちのまなざし

もっと知りたい
興福寺の仏たち
金子啓明 著
1,980円

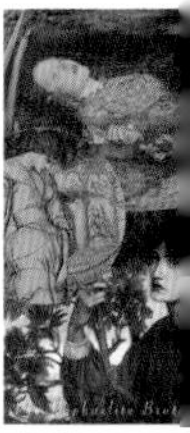

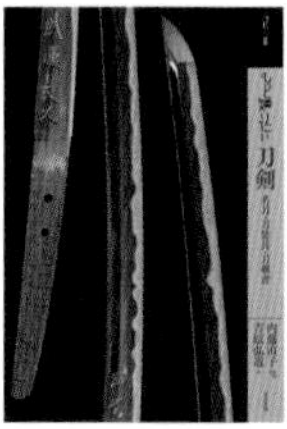

鑑賞対象としての
刀剣とその外装を
美術史の文脈と
知見で紹介

もっと知りたい
刀剣
名刀・刀装具・刀剣書
内藤直子 監修・著
2,200円

最大最強画派の
カリスマ絵師と
京の後継者たちの
栄光と苦難

もっと知りたい
狩野永徳と京狩野
成澤勝嗣 著
1,980円

国よ民よ、安寧なれ。
守り伝えられてきた
創建時の精神と文化、
その壮大な物語

もっと知りたい
東大寺の歴史
坂東俊彦ほか 著
1,980円

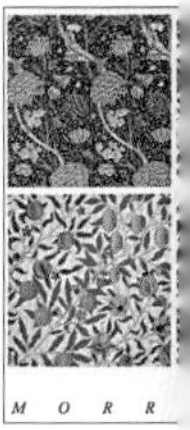

和歌や漢詩など
意匠に施された
知的なたくらみを
読み解く喜び

もっと知りたい
やきもの
柏木麻里 著
2,200円

万巻の書を読み
万里の道を行く――
自娯の境地に遊ぶ
表現者たちの多様性

もっと知りたい
文人画
大雅・蕪村と
文人画の巨匠たち
黒田泰三 著
2,200円

根本道場の諸尊に、
巨人空海が創出した
新たな密教の
世界観をみる

もっと知りたい
東寺の仏たち
東寺 監修
1,980円

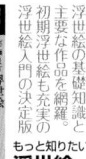

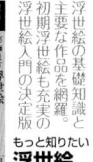

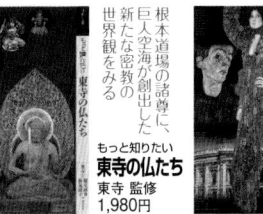

潯陽《じんやう》の江《え》を思ひやりて、源都督《げんととく》［注26］の流れをならふ。もし、あまり興《きよう》あれば、しばしば松の韻《ひびき》、秋風《しうふう》の楽《がく》をたぐへ、水の音に流泉《りうせん》の曲をあやつる。芸はこれ、拙《つた》なければ、人の耳をよろこばしめんとにもあらず。ひとり調《しら》べ、ひとり詠《えい》じて、みづから心を養《やしな》ふばかりなり。

［注20］**日野山**……日野は京都市伏見区の地名。日野氏がこの地を所領とした。日野氏創建の法界寺の裏山に、方丈の庵跡《いおりあと》を示す「長明方丈石」の碑が建つ。

［注21］**普賢**……釈迦如来の右（向かって左）の脇士《きようじ》の菩薩。白象に乗る。

［注22］**不動**……不動明王。大日如来の化身。怒りの形相で種々の煩悩を断ち、行者を守護し、悟りに導くという。

［注23］**往生要集**……寛和《かんな》元年（九八五）、天台宗の僧源信《げんしん》（恵心《えしん》僧都《そうず》）の著。極楽往生に関する経論の要文を集め、念仏（仏の相好《そうごう》を観察する観相念仏）が大切であることを説く。

［注24］この段落は、古本系統と記述が異なる。（102頁参照）

［注25］**満沙弥**……奈良時代の僧で歌人、沙弥満誓《しゃみまんせい》（?〜?）。

［注26］**源都督**……源経信《つねのぶ》（一〇一六〜九七）。大宰権帥《だざいごんのそち》となったため、その官位の唐名である「都督」と呼ばれた。長明の和歌の師俊恵《しゅんえ》（一一一三〜?）の祖父。詩歌、管絃《かんげん》に長じ、和漢の学や法令にも通じた。桂流《かつらりゅう》琵琶の祖。

方丈の庵　現代語訳

そこで、六〇歳という、いつ寿命が尽きてもおかしくない年齢になって、また新たに、露のようにはかない自分を置く梢《こずえ》の葉、とでも言うべき庵《いおり》を建てた。例えて言うなら、猟師が一晩限りの旅の寝床を作り、老いた蚕《かいこ》が繭《まゆ》を作り整えるようなものだ。この庵を一つ前の賀茂の河原の家になぞらえると、やはり一〇〇分の一の大きさにすらならない。とやかく言ううちに、年齢は日が西に傾いていくように年々死に近づき、住まいはだんだん狭くなっていく。その庵の様子は、普通の家とは違っている。広さはたったの一丈（三メートル）四方、高さは七尺（二メートル）ほどだ。庵の場所をここだと決めていないので、しっかり据えつけるようには作らない。土台を組み、簡素な屋根を葺《ふ》いて、部材の継ぎ目ごとに掛《か》け金《がね》をかけ、分解できるようにしてある。もし、この場所に不満があれば、簡単に他へ移動できるようにするためである。その作り替えの時、どれほどの面倒があろうか。車に積めば、わずかに二輌《りょう》分である。車の運搬料を払う以外、他の費用はかからないのだ。

今、日野山の奥に隠棲《いんせい》し、庵の南面に間に合わせの庇《ひさし》を差し出して竹の濡縁《ぬれえん》を敷き、その西側に仏前に供える水や花などを置く閼伽棚《あかだな》を作る。庵の中の西、極楽浄土の方角の壁に阿弥陀如来の絵像を掛け奉って西日が差すのを願い、その光を仏の眉間《みけん》にある白毫《びゃくごう》から放たれる光になぞらえる。その絵像を安置した厨子《ずし》の扉の左右に、普賢菩薩《ふげんぼさつ》、不動明王の絵像も掛け奉った。ついたてを置いた北側の壁の上に小さな棚をしつらえて、黒い箱を三、四個置いた。そこに、和歌、音楽、『往生要集《おうじょうようしゅう》』といった本から書き抜いたものを入れてある。そばに、箏《そう》、琵琶、それぞれ一つを立てかけてある。いわゆる、折り琴、継ぎ琵琶という組み立て式の楽器がこれである。東には、蕨《わらび》の伸び切った穂を綿《わた》の代わりに敷き、その上にむしろを掛けて、ほの暗い夜の寝床とする。東側の壁に窓を開けて、窓に面して文机《ふづくえ》を作り据えた。枕の方向にいろりがある。ここを、薪《たきぎ》を折ってくべる場所とした。庵の北側にちょっとした場所を作り、隙間だらけの低い垣根で囲って菜園とし、多くの薬草を植えた。仮の庵のありさまは以上のようである。

庵のある場所の様子はというと、南に水を引く樋《とい》がある。大きな岩を積んで水を貯めている。木々が軒近くまで生い茂っているので、薪にする小枝を拾っても十分すぎるくらいある。この山の名を外山《とやま》という。正木《まさき》の葛《かずら》が庵を覆い隠して、俗世から隔絶させているようである。谷は木々が生い茂っているけれど、西の方角は開けて眺望が利くので、西方の極楽浄土にいらっしゃる阿弥陀如来のお姿を観想するよりどころがないわけではない。春には藤の花が風になびくのを見る。阿弥陀如来が来迎する時の紫雲《しうん》のように西の方角に咲き匂う。夏にはほととぎすの声を聞く。死出《しで》の山から来るという鳥なので、語り合うたびに死後の道案内を依頼しておく。秋にはもの寂しいひぐらしの鳴き声が耳いっぱいに響く。はかないこの世を嘆き悲しんでいるかのように聞こえる。冬にはしみじみと雪を見る。降り積もり、そして解けていく様子は、自らの罪が消えていくことに例えられそうだ。

もし、念仏を唱えるのが面倒だったり、お経を読むのも気乗りしなかったりする時は、迷わず休むし、気ままに怠けるが、邪魔をする人もいないし、恥ずかしいと思うような相手もいない。とりたてて無言の行《ぎょう》をしなくても、一人でいるので話す機会もなく、自然と言葉による行いを修めることができるのだ。必ずしも仏教の戒律を守ろうとしなくても、破る原因となるものがないので、破らずに済むのだ。

もし、漕ぎゆく船の跡に残る白波が瞬く間に消えてしまうさまを、はかない自分の身と重ね合わせる朝ならば、庵から見渡せる巨椋池《おぐらいけ》の港「岡の屋」に出入りする船を眺めて、「世の中を何にたとへむ朝ぼらけ漕ぎゆく舟のあとのしら浪」と詠んだ沙弥満誓《しゃみまんせい》の風雅をまねて和歌を詠み、もし、色付いた桂《かつら》の葉を揺らす風が琵琶の撥《ばち》を鳴らすような風情ある夕べならば、白居易《はくきょい》の漢詩「琵琶行」に出る「潯陽《じんよう》の江」の情景を思い浮かべ、都を離れて落ちぶれた作者と自身の境遇を重ねつつ、同じく都を離れ、そして大宰府で亡くなった琵琶桂流の源経信《みなもとのつねのぶ》にならって琵琶を弾ずるのだ。もし、あまりに興が乗れば、何度も、風に吹かれる松の響きに合わせて「秋《しゅう》風楽《ふうらく》」の曲を演奏し、水の流れる音に合わせて「流《りゅう》泉《せん》」の曲を奏でる。うまくはないが、人に聴かせて楽しませようとしているわけではない。一人で弾き、一人で詠じて、自身の気持ちを慰めているだけなのだ。

方丈の庵での長明の姿が描かれる。傍らには琵琶。背後には仏の絵像が掛けられているようである。手前には炉が切ってあり、奥には竹の簀子、閼伽棚、水を引く樋も見える。

庵での生活

［一］

また、麓《ふもと》に一つの柴《しば》の庵《いほり》あり。すなはち、この山守《やまもり》が居《を》る所なり。かしこに童《わらは》あり。時々来たりてあひ訪《とぶら》ふ。もし、つれづれなる時は、これを友として遊び歩く。彼は十六《じふろく》歳、われは六十《むそぢ》［注27］。その齢《よはひ》、ことの外《ほか》なれど、心を慰《なぐさ》むることはこれ同じ。或《ある》は茅花《つばな》を抜き、岩梨《いはなし》をとる。また零余子《ぬかご》をもり、芹《せり》を摘《つ》む。或はすそわの田居《たゐ》に至りて、落穂《おちぼ》を拾《ひろ》ひて、穂組《ほぐみ》を作る。もし、日うららかなれば、嶺《みね》によぢ上《のぼ》りて、遥《はる》かに故郷の空を望み、木幡山《こはたやま》、伏見《ふしみ》の里、鳥羽《とば》、羽束師《はつかし》を見る。勝《しよう》地《ち》は主《ぬし》なければ［注28］、心を慰むる障《さは》りなし。

［注27］**彼は十六歳、われは六十**……古本系統では子供は「十歳」。流布本系統では子供と長明の年齢を「十六」「六十」と漢字の文字順を逆にすることで、「若」と「老」を対比させているのだろう。（古本系統と流布本系統については、102頁参照）

［注28］**勝地は主なければ**……白居易の漢詩中の文言「勝地本来無定主」（「勝地本来定主なし」。景色のよい土地を専有する人はいないという意味）に基づく表現。

[一二]

歩《あゆ》み煩《わづら》ひなく、志《こころざし》遠く至る時は、これより峰《みね》続き、炭山《すみやま》を越え、笠取《かさとり》を過ぎて、岩間《いはま》に詣《まう》で、石山《いしやま》を拝む。もしはまた、粟津《あはづ》の原を分けて、蝉丸《せみまる》の翁《おきな》[注29]が跡《あと》を訪《とぶら》ひ、田上《たなかみ》川《がは》を渡りて、猿丸大夫《さるまろまうちぎみ》[注30]が墓を訪ぬ。帰るさには、折につけつつ桜を狩り、紅葉をもとめ、蕨《わらび》を折り、木《こ》の実を拾ひて、かつは仏に奉《たてまつ》り、かつは家《いへ》づとにす。

[注29] **蝉丸の翁**……平安時代の歌人で音楽家（?～?）。逢坂の関にいる蝉丸のもとに源 博雅《みなもとのひろまさ》（九一八～八〇）が三年間通い、琵琶の秘曲「流泉」「啄木」を伝授されたという説話は有名。「盲僧琵琶」の祖とされる。

[注30] **猿丸大夫**……奈良から平安時代前期の伝説的な歌人で、実体は不明。京都府宇治田原町に猿丸神社があり、その近隣に猿丸大夫の墓とされる小堂がある。

庵での生活　現代語訳

［一］

　また、山の麓《ふもと》に一軒の粗末な家がある。つまり、この山の番人が住む所である。そこに男の子がいた。その子が時々様子を見にやって来る。もし、何もすることのないときは、一緒にあちこち遊び歩く。彼は一六歳、私は六〇歳。その年齢には大きな違いがあるけれども、互いに楽しんでいることには変わりない。ある時は食用となる茅花《つばな》の穂を抜き、岩梨を採る。また零余子《ぬかご》をもぎ、芹《せり》を摘む。ある時は、山《やま》裾《すそ》の田に行って落穂を拾い、穂組《ほぐみ》を作る。もし、穏やかに晴れれば、山の頂によじ登って、遠く故郷、都の方角を眺め、和歌に詠まれる名所の木幡山《こはたやま》、伏見の里、鳥羽、羽束師《はつかし》を見やる。白居易が言うように、風光明媚《めいび》な場所は、もとより持ち主がいるわけではないので、思う存分見て楽しんでも差し障りがないのだ。

［二］

　歩くのに問題なく、もっと遠くまで行ってみようと思うときには、ここから峰続きの炭山《すみやま》を越え、笠《かさ》取山《とりやま》を通って、岩間寺《いわまでら》に詣で、石山寺を拝む。もしくは、粟津《あわづ》の原に分け入り、逢坂《おうさか》の関にある、歌人で琵琶の名手でもある蝉丸の翁《おきな》の旧跡を訪れ、源経信《みなもとのつねのぶ》の山荘があった田上川《たなかみがわ》を渡って、猿丸大夫《さるまるだゆう》の墓を訪ねる。帰り道には、季節ごとに桜を愛《め》で、紅葉を探し、蕨《わらび》を手折り、木の実を拾って、一方は仏前にお供えし、一方は自分への土産にする。

子供を山歩きに誘う長明の姿が描かれる。

たどり着いた境地

　もし、夜《よ》静かなれば、窓《まど》の月に古人《こじん》を偲《しの》び、猿の声に袖《そで》を潤《うるほ》す。草むらの蛍《ほたる》は遠く真木《まき》の嶋《しま》の篝火《かがりび》にまがひ、暁《あかつき》の雨は、おのづから木《こ》の葉吹く嵐に似たり。山鳥《やまどり》のほろほろと鳴くを聞きて、父《ちち》か母《はは》かと疑《うたが》ひ、峰《みね》の鹿の近く馴《な》れたるにつけても、世に遠ざかるほどを知る。或《ある》は、埋火《うづみび》をかきおこして、老いの寝覚《ねざめ》の友とす。恐ろしき山ならねど、梟《ふくろふ》の声をあはれむにつけても、山中の景気《けいき》、折につけても尽くることなし。いはんや、深く思ひ、深く知れらん人のためには、これにしも限るべからず。

　おほかた、この所に住みはじめし時は、白地《あからさま》と思ひしかど、今までに五年《いつとせ》を経たり。仮《かり》の庵《いほり》もやや古屋《ふるや》となりて、軒《のき》には朽葉《くちば》深く、土居《つちゐ》苔《こけ》むせり。おのづから、ことのたよりに都を聞けば、この山に籠《こも》り居《ゐ》て、やんごとな

き人の隠《かく》れ給《たま》へるもあまた聞こゆ。まして、その数ならぬ類《たぐひ》、尽くしてこれを知るべからず。たびたび炎上《えんしやう》に滅びたる家、またいくそばくぞ。ただ、仮の庵のみのどけくして、恐れなし。ほど狭《せば》しといへども、夜臥《よるふ》す床《ゆか》あり、昼居《ゐ》る座《ざ》あり。一身《いつしん》を宿《やど》すに不足なし。寄居《がうな》は小さき貝を好む。これよく身を知るによりてなり。みさご［注31］は荒磯《あらいそ》に居る。すなはち、人を恐るるによりてなり。我また、かくの如《ごと》し。身を知り、世を知れらば、願はず、交《ま》じらはず。ただ、静かなるを望みとし、愁《うれ》へなきを楽とす。

すべて、世の人の栖《すみか》を作るならひ、必ずしも身のためにはせず。或は、妻子、眷属《けんぞく》のために作り、或は、親昵《しんぢつ》、朋友《ほういう》のために作る。或は、主君《しゆくん》、師匠《ししやう》、及び、財宝、馬《うま》、牛《うし》のためにさへこれを作る。我今《われいま》、身のために結《むす》べり。人のために作らず。故《ゆゑ》はいかんとなれば、

今の世《よ》のならひ、この身のありさま、ともなふべき人もなく、頼むべき奴《やつこ》もなし。たとひ広く作れりは、誰《たれ》をか宿し、誰をか据《す》ゑん。

それ、人の友たるものは、富めるを尊《たふと》み、懇《ねんごろ》なるを先とす。必ずしも情《なさけ》あると直《なほ》なるとをば愛せず。ただ、糸竹《しちく》、花月《くわげつ》を友とせんにはしかず。人の奴たるものは、賞罰《しやうばつ》の甚《はなは》だしきを顧《かへり》み、恩の厚きを重くす。さらに、育《はぐく》み憐れぶといへども、やすく閑《しづ》かなるをば願はず。ただ、我が身を奴とするにはしかず。もしすべきことあれば、すなはち、おのづから身を使ふ。たゆからずしもあらねど、人を従へ、人を顧みるよりはやすし。もし歩くべきことあれば、みづから歩《あゆ》む。苦《くる》しといへども、馬、鞍《くら》、牛、車と心を悩ますには似ず。今、一身《いつしん》を分《わか》ちて二つの用《よう》をなす。手の奴、足の乗物、よく我が心にかなへり。心また身の苦しみを知れらば、苦しむ時は休めつ、まめなる時は使ふとても、たびたび過《す》ぐさず。ものうし憂《う》しとても、心を動かすことなし。いかにいはんや、常に歩き、常に動くは、これ養生《やうじやう》なるべし。何《なん》ぞ、いたづらに休み居《を》らむ。人を苦しめ、人を悩ますは、また罪業《ざいごふ》なり。いかが他《た》の力を借《か》るべき。衣《ころも》の類また同じ。藤《ふぢ》の衣、麻の衾《ふすま》、得《う》るに従ひて肌《はだへ》を隠《かく》し、野辺の茅花《つばな》、峰《みね》の木《こ》の実、命をつぐばかりなり。

人に交《まじ》はらざれば、姿を恥《は》づる悔《く》いもなし。糧《かてとも》乏しければ、おろそかなれども、なほ味をあまくす。すべてかやうのこと、楽しく、富める人に対して言ふにはあらず。ただ我が身一つにとりて、昔と今とを、た比《くら》ぶるなり。

おほかた、世を遁《のが》れ、身を捨てしより、うらみもなく、恐れもなし。命は天運《てんうん》にまかせて、惜しまず、いとはず。身をば浮雲になずらへて、頼まず、未《ま》だしとせず。一期《いちご》の楽しみは、うたた寝《ね》の枕［注32］の上にきはまり、生涯の望みは、折々《をりをり》の美景《びけい》に残れり。［注33］

それ三界《さんがい》は、ただ心一つなり。心、もし安からずは、牛馬《ぎうば》、七珍《しつちん》もよしなく、宮殿《くうでん》望みなし。今、さびしき住まひ、一間《ひとま》の庵、みづからこれを愛す。おのづから都に出《い》でては、乞食《こつじき》となれることを恥づといへども、かへりてここに居《を》る時は、他《た》の俗塵《ぞくぢん》に著《ちやく》することをあはれぶ。もし、人、この言へることを疑はば、魚、鳥のありさまを見よ。魚は水に飽《あ》かず。魚にあらざれば、その心知らず。鳥は林を願ふ。鳥にあらざれば、その心を知らず。閑居《かんきよ》の気味もまたかくの如し。住まずして誰かさとさん。

［注31］　**みさご**……猛禽《もうきん》。海岸、湖沼、広い川などの近くに住み、高い木や岩の上などに巣を作る。

［注32］　**うたた寝の枕**……立身出世を望む中国の盧生《ろせい》という青年が、仙人の枕を借りてうたた寝し、栄華を極める夢を見たという「邯鄲《かんたん》の夢」の故事を指す。「人生の楽しみはのんびりとうたた寝する境地に尽きる」という解釈もある。

［注33］　この段落は、古本系統には記述がない。（102頁参照）

たどり着いた境地　現代語訳

もし、静かな夜更けであれば、窓から見える月に古人《いにしえびと》を思い、哀切な猿の鳴き声を聞いて流す涙が袖を濡らす。草むらでほのかに光る蛍は、宇治川と巨椋池《おぐらのいけ》の間の槇島《まきしま》で焚《た》いた、漁のための篝火《かがりび》が遠くに見えるかのようだし、夜明け方に不意に降る雨の音は、自然と木の葉を吹き散らす嵐のように聞こえるのだ。山鳥が悲しそうにほろほろと鳴くのを聞いて、父ではないか、母ではないかと思い、峰の鹿が自分を怖がらず慣れ親しんできたのを見るにつけても、いかに世間から離れているかを知る。ある時は、灰の中の炭火をかき起こして、眠りが浅く目覚めがちな老人の夜の友とする。格別恐ろしい山ではないので、世間では不気味だといわれる梟《ふくろう》の鳴き声をしみじみと聞くにつけても、山の中の風情は四季折々に表情を変え、尽きることがないとあらためて感じる。まして、より情趣を解する人には、これだけに限らない、さらなる素晴らしさを見せることだろう。

大体、この場所に住みはじめた時は、ほんのしばらくの間と思っていたが、今日《こんにち》までに五年の月日がたった。かりそめにと思っていたこの庵《いおり》も次第に古くなって、軒には落ち葉が深く積もり、家の土台にも苔《こけ》が生えた。たまたま何かのついでに都の様子を尋ねてみると、私がこの山に引きこもってから、高貴な方々がお亡くなりになったという知らせも数多く耳にした。まして、それ以外の人数《ひとかず》に入らないような者たちは、数え切れないくらい多いだろう。繰り返し起きる火災で焼失してしまった家は、またどれぐらい多いだろうか。ただ、この仮の庵だけは穏やかにくつろげる所で、何の心配もない。狭いといっても夜には寝る場所があり、昼には座る場所がある。この身一つを置くには何ら不足はない。やどかりは小さな貝殻を好む。これは、自分の身の程をよく知っているからである。鶚《みさご》という鳥は荒磯にいる。つまり人間を恐れるためである。私もまた、それらと同じだ。自分の身の程を知り、世の中というものを知っているから、必要以上に望みを抱かず、人との交流もしない。ただ、平穏であることを望みとし、不安や心配がないことを好む。

総じて、世間の人が家を造るのは、必ずしも自分自身のためだけではない。ある者は、妻子や一族のために造り、ある者は、親しい人や友人のために造る。ある者は、主君、師匠、そして財宝、馬、牛のためにさえ家を造るのだ。私は今、純粋に自分自身のためだけに方丈の庵を結んだ。人のために造ったのではない。どうしてかというと、今のご時世、この身のありさまを考えれば、共に生活する人もいないし、信頼できる召使いもいない。たとえ家を広く造ったとしても、誰を寝泊まりさせ、誰を住まわせることがあろうか。

そもそも、人の友人関係というのは、裕福である者を尊重し、親密な者を優先させる。必ずしも思いやりがあるとか、正直な人とかを好むわけではない。こんなことなら、ただ音楽や和歌を友とした方がましだ。召使いというものは、褒美《ほうび》が多く、見返りが大きいことを重視する。大切にいたわってやっても、決してそのような平穏を望んではいない。だから、そんな召使いは雇わずに、もっぱら自分の体を召使いにした方がよいのだ。もしやらなくてはならないことがあれば、つまり、自分の体を使う。疲れて面倒に感じなくもないが、他人を雇い、他人に気を遣うよりはましだ。もし歩かなくてはいけないことがあれば、自分で歩いていくのだ。つらいといっても、馬、鞍《くら》、牛、車にまつわる維持管理や出立の準備などといった気苦労はない。今、私は、この体を分けて、二つの仕事をこなす。手の召使いや、足の乗り物は、自分の思いのままだ。心はまた体の苦しみが分かるので、疲れた時は休み、元気な時は使うが、そうはいっても度を超すことはない。気が進まなくても、自分自身のことであるので、全く気にならない。まして、常に歩いたり、常に体を動かしたりすることは、健康のためによいのだ。どうして無駄に休んでいようか。他人を苦しめたり、他人を悩ませたりすることは、罪深い行いである。どうして他人の力を借りようか。衣服の類もまた同じことだ。藤の皮で編んだ粗末な衣や、麻の夜具、手に入れたもので体を覆い、野の茅花《つばな》、峰の木の実で命をつなぐだけだ。

他人と交流しないので、自分のみすぼらしい姿を晒《さら》したことを後で恥じることもない。食べ物が乏《とぼ》しいので、粗末なものであっても、よりおいしく感じられる。これらのことは、満ち足りた、裕福な人に対して言っているのではない。ただ私自身にとって、昔の自分と今の自分とを比べているだけなのだ。

大体、出家し、隠棲《いんせい》してから、他人に対する恨みもないし、恐れもない。寿命も自然のなりゆきに任せて、命を惜しんで長生きしようとも思わないし、生きるのが嫌で早く死にたいとも思わない。わが身を空に漂う浮雲になぞらえて、なるがまま。期待しないし、だからといって何か足りないとも思わない。人生、楽しいことは、邯鄲《かんたん》の夢のようにうたた寝している枕の上にはかなく尽きてしまい、生涯望むのは、四季折々の美しい景色の一瞬一瞬に、あわれを覚えることだけだ。

そもそも、この迷いの世は、すべて自分の心によるものだ。心がもし安らかでなければ、牛や馬、そしてこの世のあらゆる宝があっても何の意味もなく、立派な宮殿があっても仕方がない。今、人里離れたひっそりした環境、一間《ひとま》のみの小さな庵を、自ら進んでこれを愛しているのだ。たまに都に行くと、卑しい身なりとなった自分を恥ずかしいと思うけれど、戻って庵にいる時は、かえって世間の人たちが俗塵《ぞくじん》にまみれていることを気の毒に思う。もし言っていることを疑うのなら、魚や鳥の様子を見てみよ。魚は水に飽きない。魚でなければその気持ちが分からない。鳥は木々を求める。鳥でなければその気持ちが分からない。閑居の味わいもまたこれと同じだ。住まないで、誰にこの道理を理解させることができようか。

季節は秋であろうか、木々が色づいている。小童が、収穫した木の実や草花を地面に並べて、成果を確認しているのだろうか。その様子を温かく見守る長明。微笑ましい場面といえる。

終章

そもそも、一期《いちご》の月影傾《かたぶ》きて、余算《よさん》、山の端《は》に近し。たちまちに三途《さんづ》の闇《やみ》に向《む》かはん時、何のわざをかかこたんとする。仏の、人を教へ給《たま》ふおこりは、ことにふれて執心《しふしん》なかれとなり。今、草の庵《いほり》を愛するも、咎《とが》とす。閑《かん》寂《じやく》に著《ぢやく》するも、障《さは》りなるべし。いかが用《よう》なき楽しみを述べて、むなしく、あたら時を過《す》ぐさん。

静かなる暁《あかつき》、このことわりを思ひつづけて、みづから心に問ひて曰《いは》く、世を遁《のが》れて山林《さんりん》に交《まじ》はるは、心を修《おさ》めて道を行《おこな》はむがためなり。しかるを、汝《なんぢ》が姿は聖《ひじり》に似て、心は濁《にご》りに染《し》めり。栖《すみか》はすなはち、浄名居士《じやうみやうこじ》［注34］の跡《あと》をけがせりといへども、保《たも》つところは、わづかに周利槃特《しゆりはんどく》［注35］が行ひにだにも及ばず。もしこれ、貧賤《ひんせん》の報のみづから悩ますか。はたまた妄心《まうしん》の至りて狂《くる》はせるか。その時、心さらに答《こた》ふることなし。ただ、かたはらに舌根《ぜつこん》をやとひて、不請《ふしやう》の念仏《ねんぶつ》、両三反《りやうさんべん》を申《まう》してやみぬ。

［注34］**浄名居士**……『維摩経《ゆいまぎやう》』の主人公で、古代インドの長者、維摩のこと。中国、日本において在家仏教者の理想的人物とされた。「方丈」に住んでいたという。

［注35］**周利槃特**……釈迦《しやか》の弟子。愚鈍なことで知られたが、仏の教えにより悟りを開いたという。

終章　現代語訳

さて、私の人生も月が山の端《は》に沈むように終わりに近づき、残り少なくなってきた。すぐにでも死後の世界に向かおうとしているこの時に、何についてくどくど言おうというのか。仏が人をお導きなさるその教えの根本は、「何に対しても執着してはならない」ということである。今、私がこの草庵に愛着するのも罪となる。物静かな生活に執着するのも、仏道修行の妨げとなるだろう。どうして何にもならない楽しみを述べて、残り少ない大切な時間を無駄にしようか。

夜明け前の静けさの中で、この道理を思いながら自ら自分の心に問うてみた。「世俗を遁《のが》れ、山林に身を隠したのは、心を修め、仏道修行するためである。それなのに、お前は外見だけは清らかな聖人のようで、心は濁って煩悩まみれだ。住居こそ、在家仏教者の理想的人物、浄名居士維摩《じようみようこじゆいま》の方丈の庵《いおり》と同じだが、完全にその先例を汚しているし、戒を保つところは、愚鈍な仏弟子という周利槃特《しゆりはんどく》にすら及ばない。もしくはこれは、貧賤《ひんせん》として表れた前世の悪行の報いが自身を悩ませているのか。はたまた煩悩にとらわれた迷いの心が極まって正気を失わせているのか」。その時、私の心は黙して答えない。ただそばにある舌を使って、請わずとも来て下さる阿弥陀如来の名号《みようごう》、二、三遍を申し上げて終えた。

時に、建暦《けんりやく》の二年《ふたとせ》弥生《やよひ》の晦日《つごもり》頃に、桑門蓮胤《さうもんれんいん》外山《とやま》の庵にしてこれをしるす。

一　時に、建暦二年（一二一二）三月の晦日頃に、出家者蓮胤、外山の庵でこれを記す。

『方丈記絵巻』解説

方丈記絵巻

三康図書館蔵。江戸時代写。紙本著色、墨書。縦一二・六センチ。原本全四七紙（一四〇四センチ）。毎行一六字前後。漢字平仮名交じり。本文は流布本系統で、特に正保板本の流れを汲む（神田邦彦氏の説による）。絵の総数は一七図。

方丈記

人間にとっての理想の住まいと環境について述べた随筆である。大きく前半、後半の二つの部分に分けられ、前半部分にいわゆる「五大災厄」と呼ばれる「大火」「辻風」「遷都」「飢饉《ききん》」「地震」といった五つの災害、後半部分には終《つい》の栖《すみか》である方丈の庵《いおり》の素晴らしさが語られる。奥書にあるように、出家後に結んだ日野外山《ひのとやま》の方丈の庵（一丈〈約三メートル〉四方。畳四畳半の広さ）において、建暦《けんりゃく》二年（一二一二）三月末頃、長明五八歳の時に書かれた。全体の文字数は約一万字（四百字詰め原稿用紙二五枚程度）である。

『方丈記絵巻』の構成

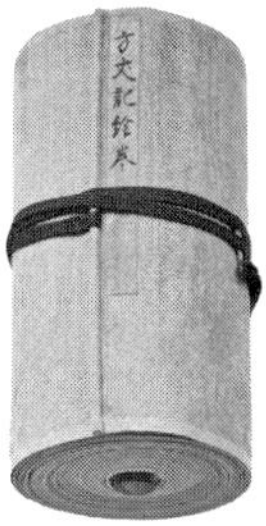

※90〜91頁に内容と本書掲載頁を示した。

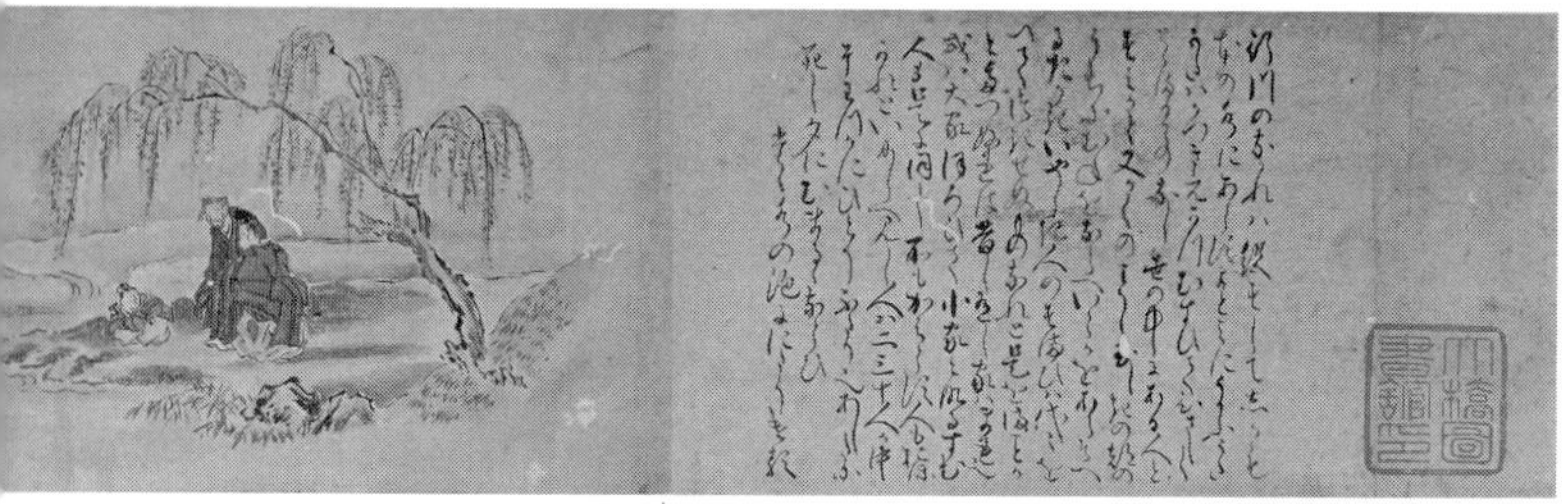

紙

1 紙

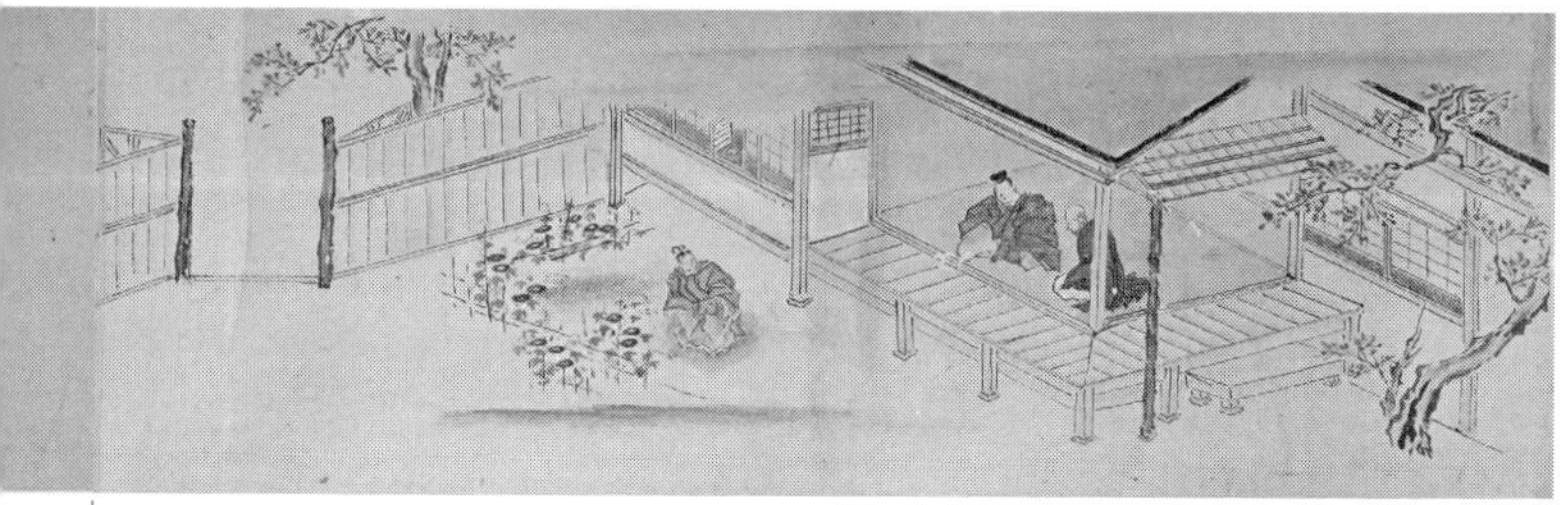

4 紙

6 紙

9 紙

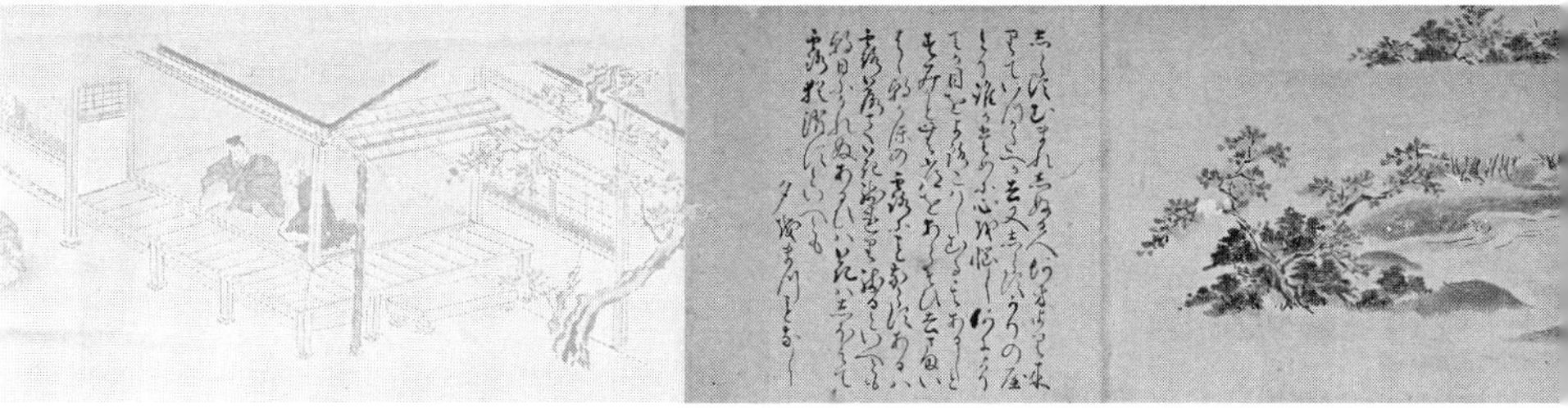

4 紙　3 紙

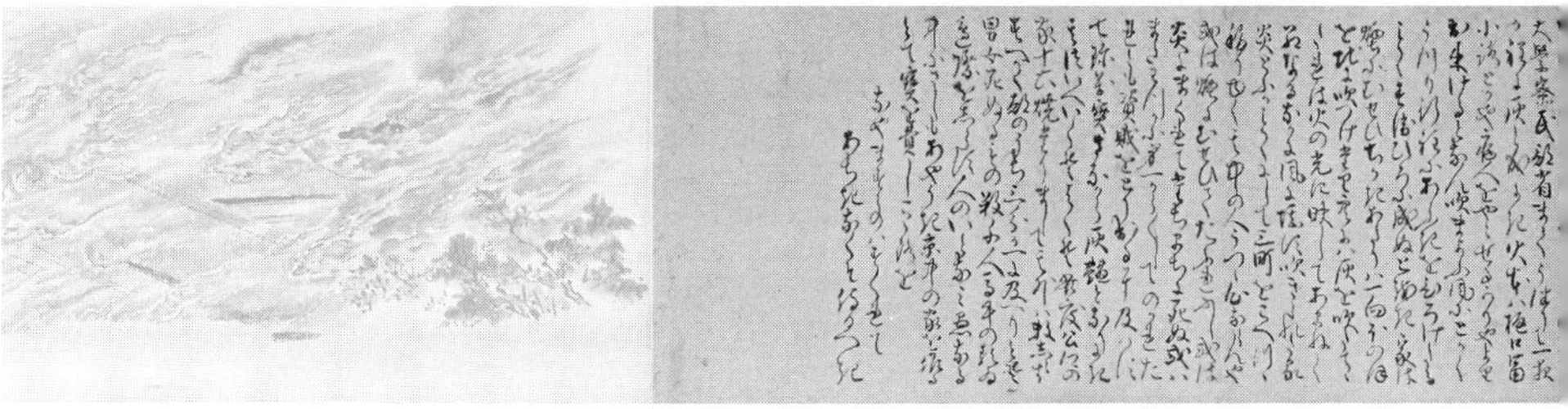

6 紙　5 紙

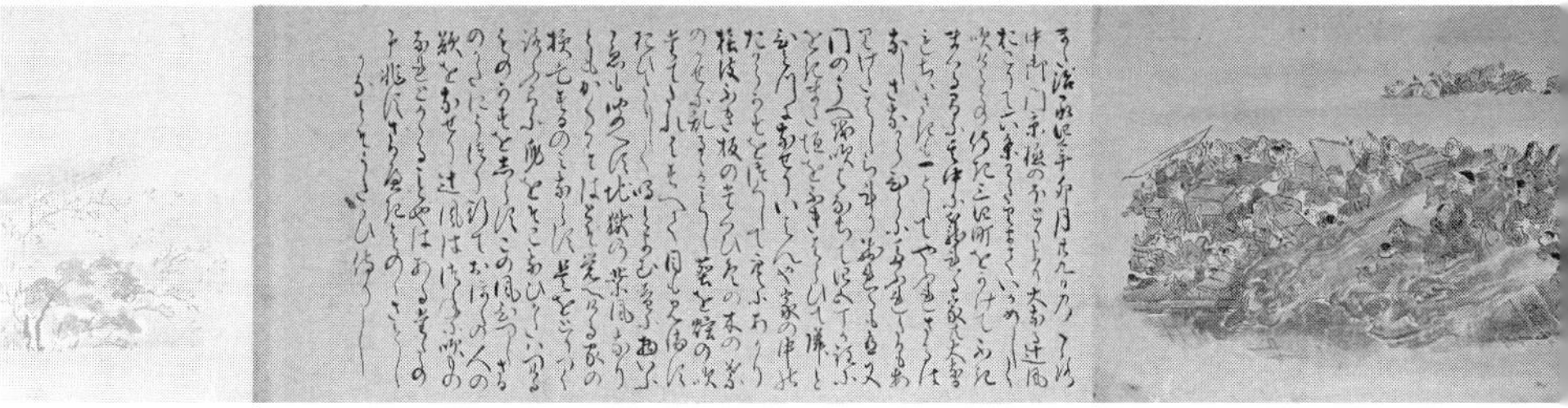

9 紙　8 紙　7 紙

12紙　11紙

3紙　12紙

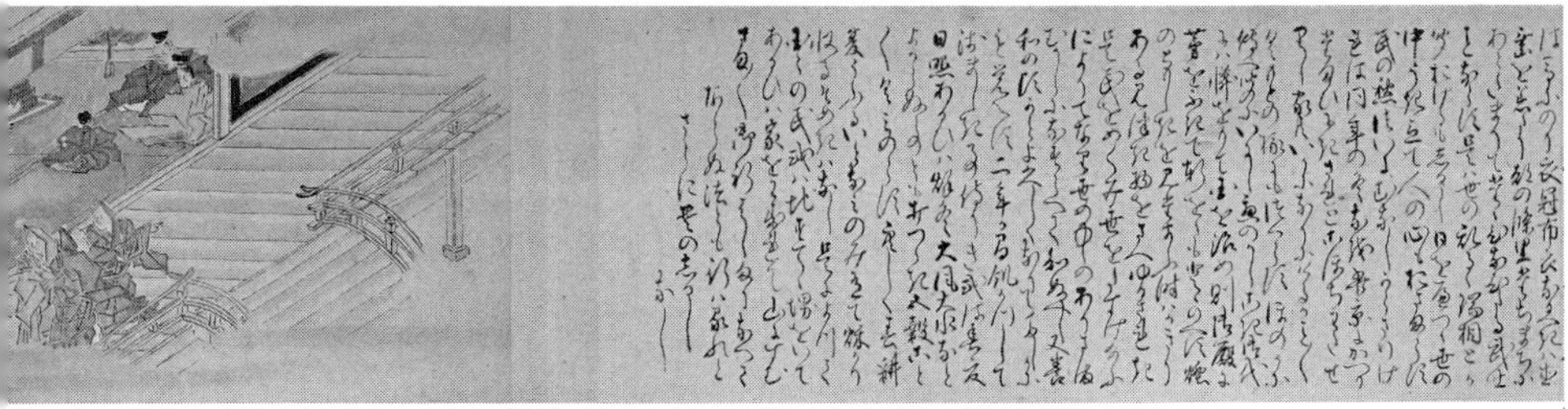

紙　15紙

紙　18紙

23紙　22紙　21紙

15紙　14紙

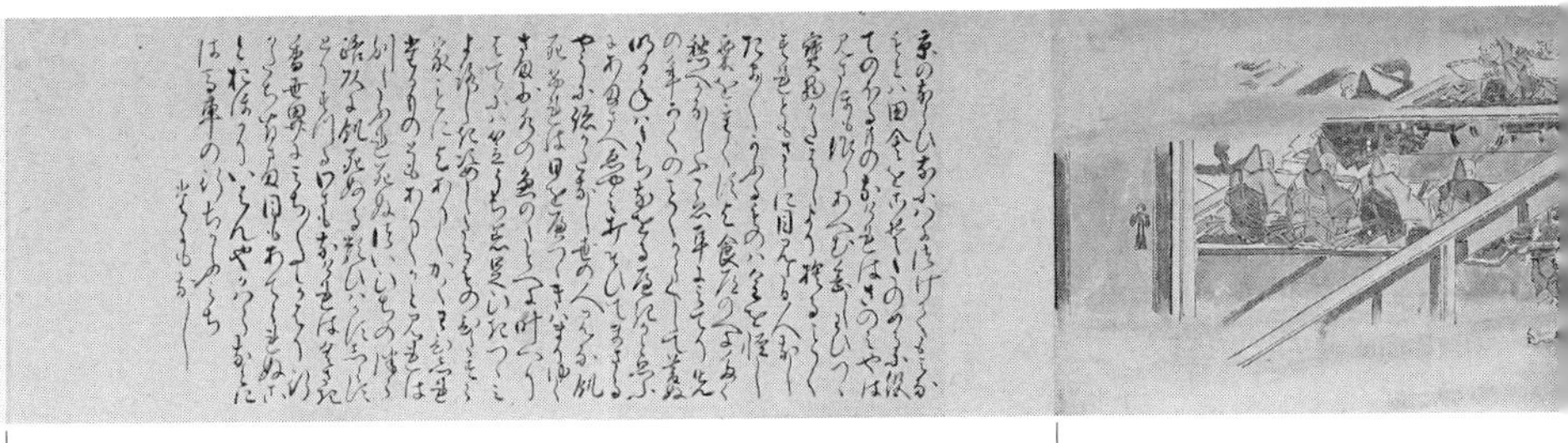

17紙

20紙

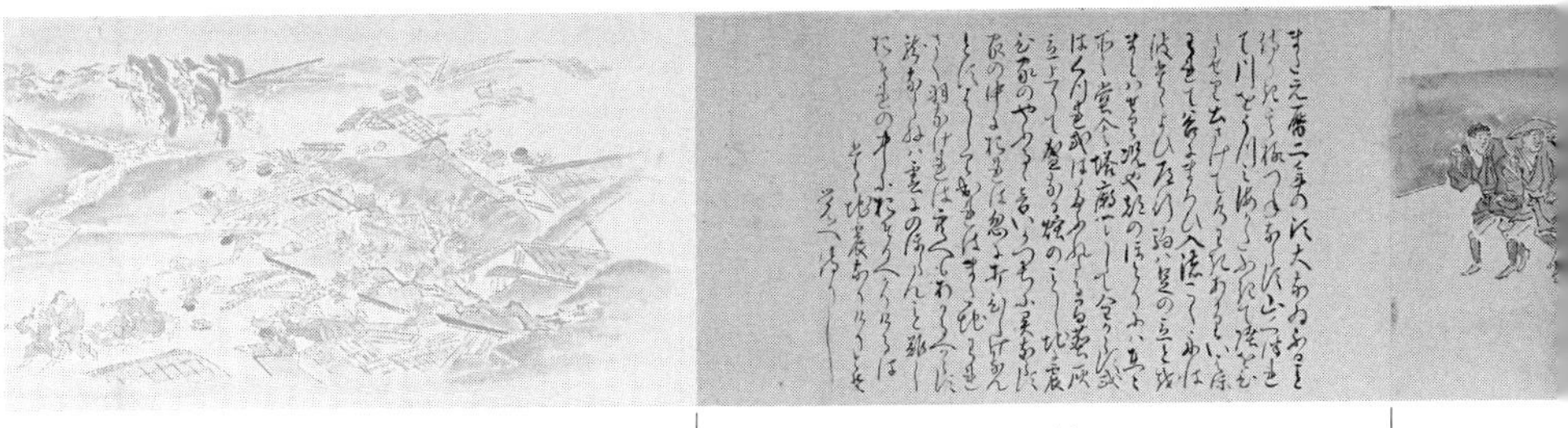

25紙　24紙

26紙 25紙

28紙

30紙

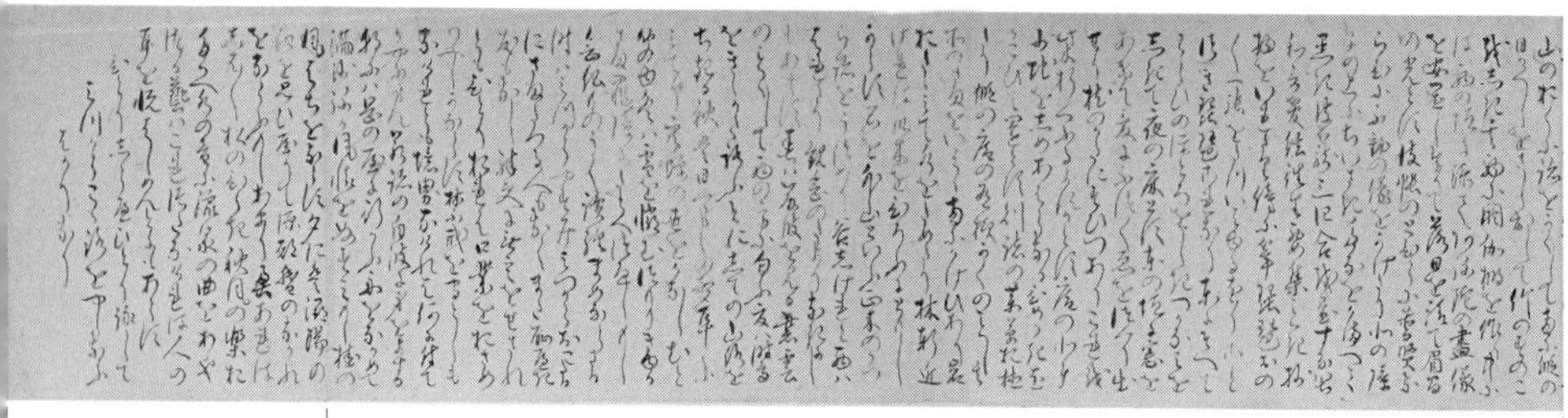

33紙 32紙

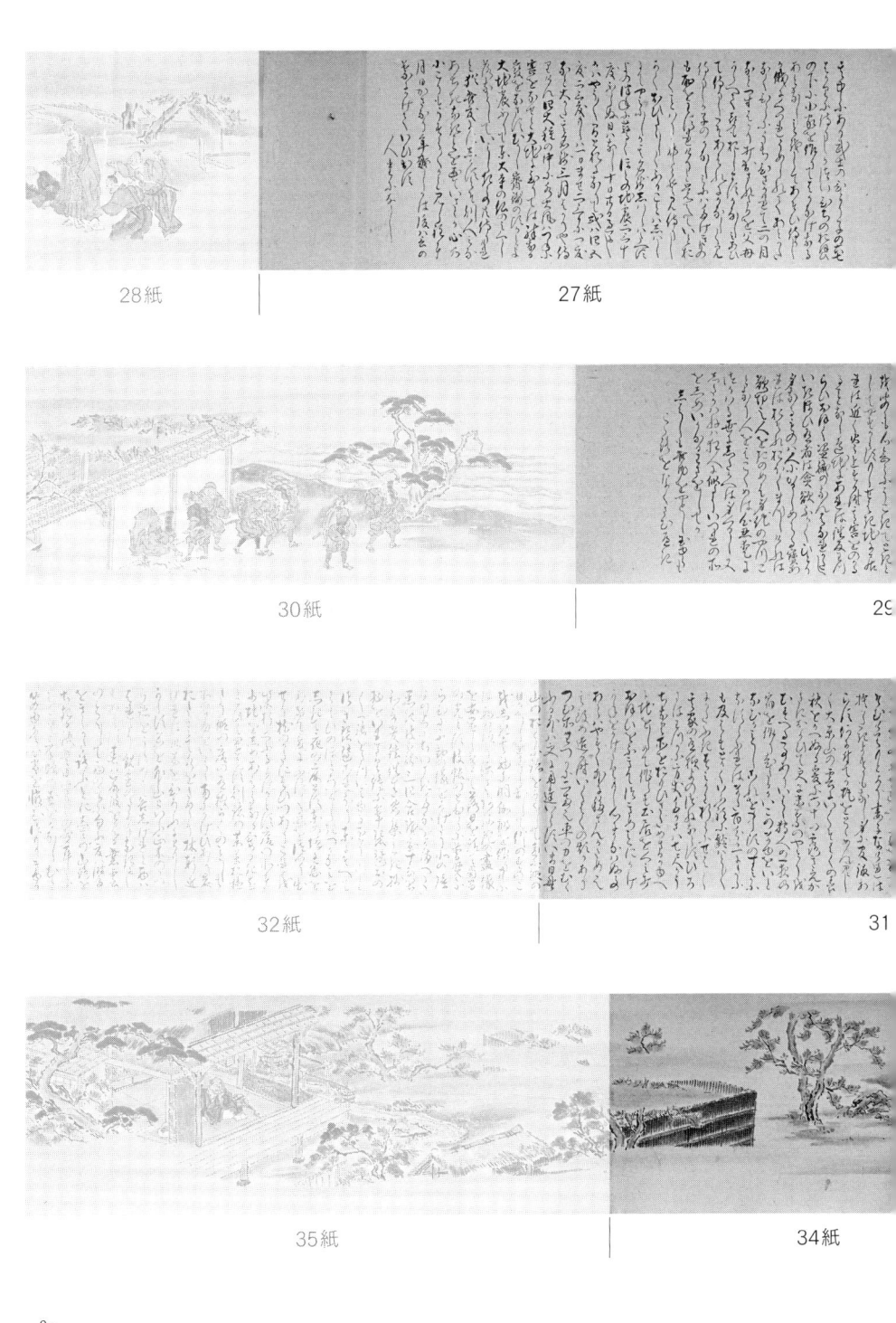

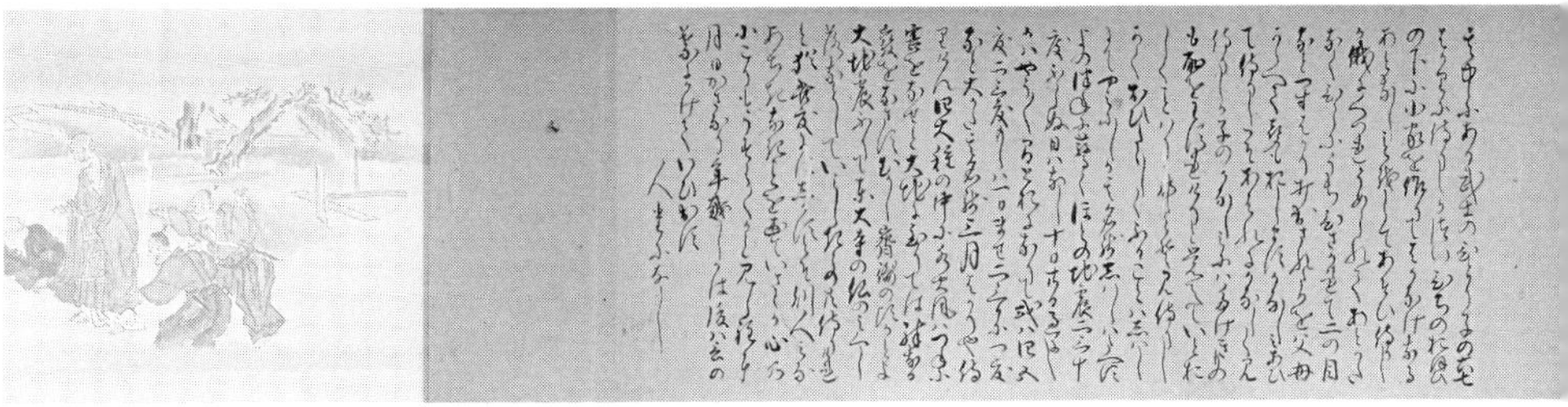

28紙　27紙

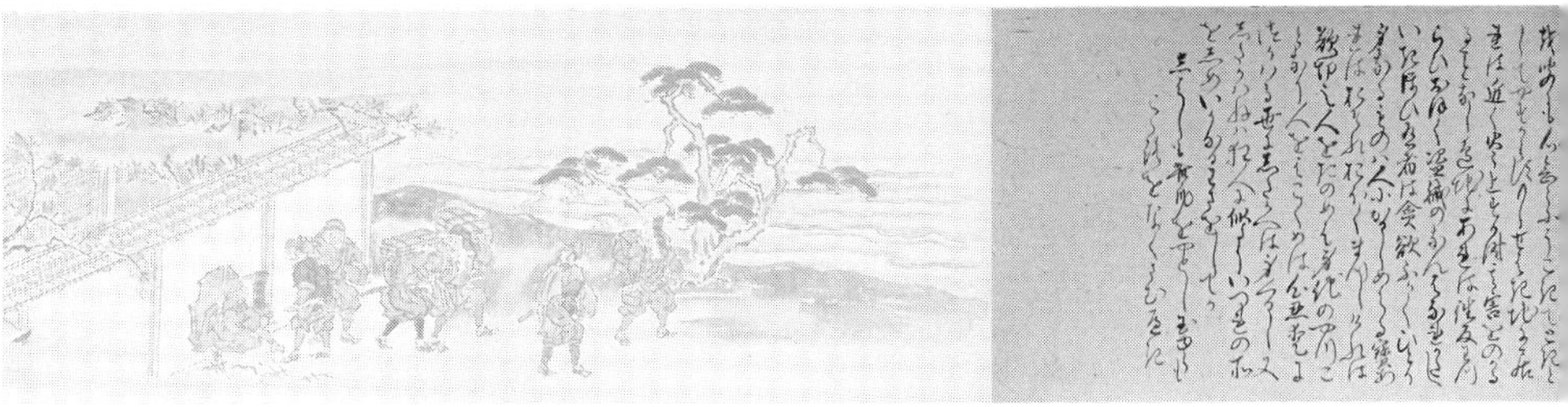

30紙　29

32紙　31

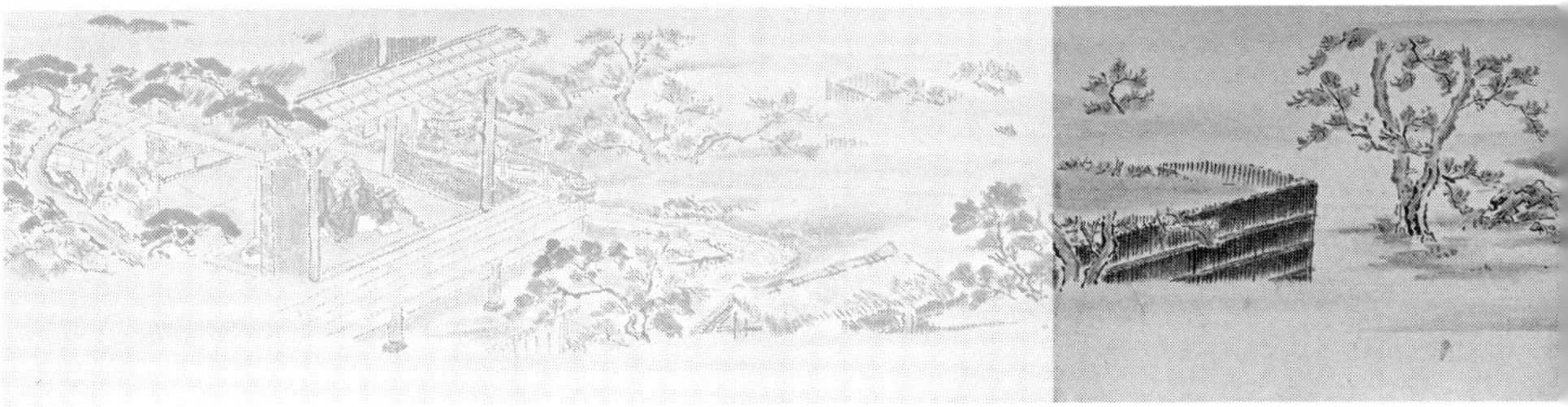

35紙　34紙

36紙　35紙

39紙　38紙

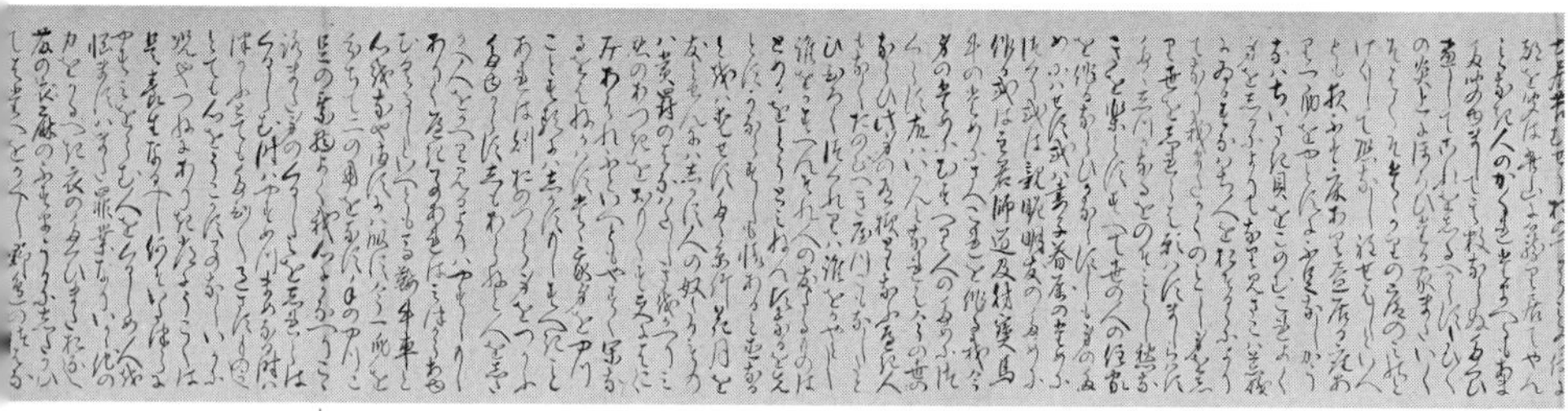

42紙　41紙

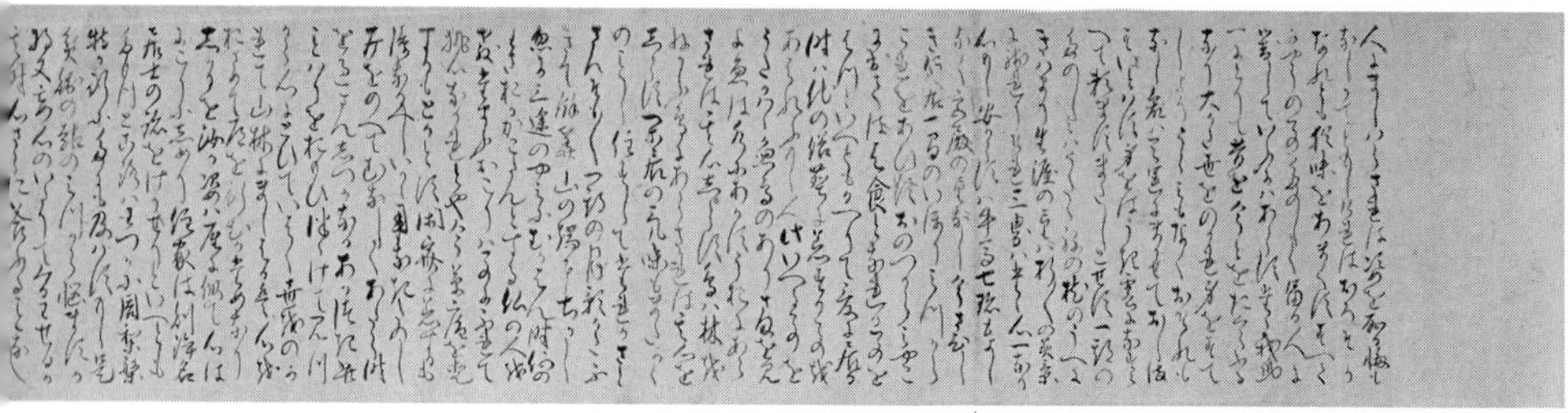

45紙　44紙

37紙

41紙　40紙

44紙　43紙

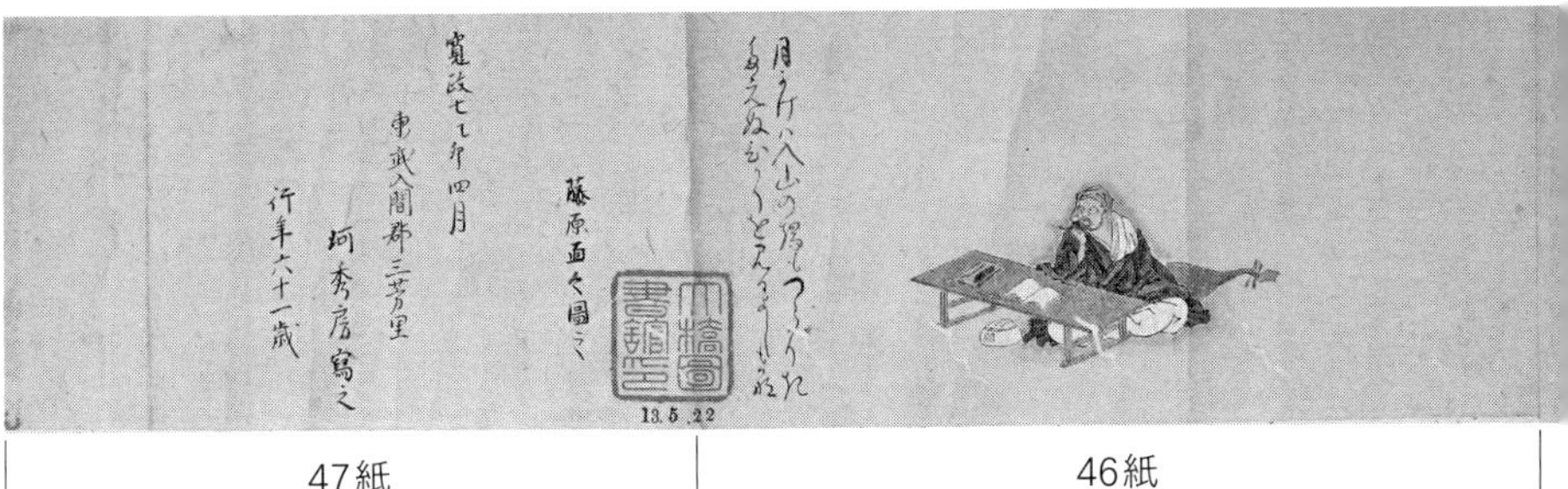

47紙　46紙

絵巻の継紙と構成

紙	内容	紙幅	本書掲載頁
1	本文「行く川の流れは～似たりける」	一八・八センチ	
2	第一図　柳下人物絵	三八・九センチ	10～11頁
3	本文「知らず～夕べを待つことなし」	一三・五センチ	
4	第二図　建物・庭上人物絵	三九・二センチ	12～13頁
5	本文「凡そ、ものの心を～あぢきなくぞ侍るべき」	三八・九センチ	
6	第三図　安元の大火の絵	三九・〇センチ	16～19頁
7		二四・七センチ	
8	本文「また、治承四年～疑ひ侍りし」	二七・五センチ	
9	第四図　治承の辻風の絵	三八・九センチ	22～23頁
10	本文「また、同じ年の～今の京に至れり」	九・八センチ	
11		二〇・一センチ	
12	第五図　治承の都遷りの絵	三九・九センチ	26～29頁
13		一九・六センチ	
14	本文「所のさまを見るに～さらにその験なし」	一八・八センチ	
15		三四・五センチ	
16	第六図　養和の飢饉（なべてならぬ法）の絵	三九・一センチ	32～33頁
17	本文「京のならひ～道だにもなし」	三三・九センチ	
18	第七図　養和の飢饉（賀茂の河原）の絵	三九・二センチ	34～35頁
19	本文「あやしき賤、山賤も～臥せるなどもありけり」	三〇・一センチ	
20	第八図　養和の飢饉（乳児とその親）の絵	三九・一センチ	36～37頁
21		八・五センチ	

24	本文「また、元暦二年～とぞ覚へ侍りし」	二三・五センチ	
25	第一〇図　元暦の地震の絵	一八・八センチ	44～47頁
26		三七・八センチ	
27	本文「その中に、ある武士の～言ひ出だす人だになし」	三八・〇センチ	
28	第一一図　元暦の地震（武士の一人子）の絵	三八・八センチ	48～49頁
29	本文「すべて、世のありにくきこと～心を慰むべき」	三七・六センチ	
30	第一二図　盗賊の絵	三八・八センチ	54～55頁
31	本文「我が身、父方の～養ふばかりなり」	三九・八センチ	
32		四〇・八センチ	
33		一〇・五センチ	
34	第一三図　方丈の庵の絵	二三・二センチ	58～61頁
35		三九・七センチ	
36	本文「また、麓に～心を慰むる障りなし」	二三・三センチ	
37	第一四図　小童と遊ぶ絵	三九・九センチ	66～67頁
38	本文「歩み煩ひなく～かつは家づとにす」	一七・六センチ	
39	第一五図　小童と歩く絵	三九・三センチ	68～69頁
40	本文「もし、夜静かなれば～命をつぐばかりなり」	一九・五センチ	
41		四〇・七センチ	
42		一九・三センチ	
43	第一六図　小童と木の実を拾う絵	三八・九センチ	72～73頁
44	本文「人に交はらざれば～これをしるす」	一九・五センチ	
45		三八・五センチ	
46	第一七図　文机の前の長明の絵／「月かげは」詠	二六・六センチ	78頁
47	絵巻奥書	二一・二センチ	

『方丈記絵巻』概観

『方丈記絵巻』は、鴨長明作『方丈記』（流布本系統）を絵巻仕立てにしたものである。絵の総数は、序章の部分が二図、前半のいわゆる「五大災厄」（大火、辻風、遷都、飢饉、地震）の部分が九図、後半が六図の計一七図に及ぶ。近世以前の『方丈記』の絵巻は他に例を見ず、貴重なものである。

本絵巻の巻尾には絵巻の制作事情を示す、詞書《ことばがき》とは別筆の次のような奥書がある。

藤原直之図之

寛政七乙卯四月

東武入間郡三芳里

河秀房写之

行年六十一歳

「藤原直之、これを図す。寛政七乙卯四月、東武入間郡三芳里の河秀房、これを写す。行年六十一歳」というもので、「藤原直之」なる人物が描いた絵巻を「寛政七」年（一七九五）に「東武入間郡三芳里」（埼玉県川越市周辺）の「六十一歳」になる「河秀房」が写したという。しかし、「藤原直之」「河秀房」についてはともに未詳であり、現在のところ絵巻制作の経緯は謎のままである。なお、本絵巻は三康図書館の前身、大橋図書館（明治三五年〈一九〇二〉開館）の旧蔵書で、巻頭と巻尾に蔵書印が捺《お》されている。

絵巻という形状以外に目を向けても、近世以前の絵入りの『方丈記』は数少なく、管見の限りでは、江戸時代中期に刊行された『方丈記泗説《しせつ》』（明暦四年〈一六五八〉刊）、『方丈記之抄』（同）、『方丈記新抄』（天和四年〈一六八四〉刊）といった『方丈記』注釈書のみである（すべて流布本系統。『方丈記』注釈書の呼称は複数あって未確定のため、今回は仮称として用いた）。

試みに、『方丈記』のどの場面を絵画化したものか、絵巻と三種の板本の挿絵で比較すると次頁の表のようになる。

三種の板本すべてで絵画化されている③「安元《あんげん》の大火」を例に挿絵を比較してみると、『方丈記泗説』では、火と煙に包まれた貴族の邸宅とみられる建物の門から長持《ながもち》などの家財道具を持ち出して逃げる人々、男性に背負われて避難する女性、燃えさかる建物を遠巻きにする野次馬など、一五名ほどの人物が描かれている。『方丈記之抄』では、撥鬢《ばちびん》の髪型、鎌髭《かまひげ》という口ひげを生やし、まるで江戸時代の武家の下男「奴《やっこ》」のような姿の五人の諸肌《もろはだ》脱ぎの男たちが、必死に燃えさかる建物を消火する姿と、子供を抱きかかえた女性が描かれている（94頁図1）。『方丈記新抄』では、燃えさかる貴族の邸宅の門から逃げる十二単《じゅうにひとえ》の女性と、その従者らしき男性が描かれている。これら三種の板本は、他の場面においてもほとんどが冊子本の一丁に描かれており、横の広がりがある絵巻とは構図の上で大きな違いがある。

挿絵比較表（丸数字は掲載の順番）

『方丈記絵巻』	『方丈記泗説』	『方丈記之抄』	『方丈記新抄』
①柳下人物		①川の前の長明	
②建物・庭上人物			
③安元の大火	①安元の大火	②安元の大火	②安元の大火
④治承の辻風	②治承の辻風	③治承の辻風	④治承の辻風
⑤治承の都遷り	③治承の都遷り		①治承の都遷り（見開き・二丁）
⑥養和の飢饉（なべてならぬ法）			
⑦養和の飢饉（賀茂の河原）			③山と家（飢饉か）
⑧養和の飢饉（乳児とその親）	④養和の飢饉		
⑨養和の飢饉（隆暁法印）			
⑩元暦の地震		④元暦の地震	⑤元暦の地震
⑪元暦の地震（武士の一人子）	⑤元暦の地震		
⑫盗賊			⑥家と女性、男性・童
⑬方丈の庵	⑥方丈の庵	⑤方丈の庵	⑦家、舟（岡の屋か）
⑭小童と遊ぶ			⑧田（すそわの田居か）
⑮小童と歩く	⑦小童と歩く		⑨山あいの家（方丈の庵か）
⑯小童と木の実を拾う			⑩庵の中の長明
⑰文机の前の長明	⑧庵と長明		⑪山歩きの長明

図１　『方丈記之抄』 明暦４年刊
国立国会図書館デジタルコレクション

肉筆の絵巻と板本とを単純に比較することはできないが、絵巻には彩色が施され、どの場面においても絵の構図が異なることから、作画における絵巻と板本との影響関係はないとみられる。板本で最も詳細に挿絵が描かれている『方丈記泗説』であっても、絵巻の繊細な描写には到底及ばず、板本で最多の一一図の挿絵がある『方丈記新抄』であっても、絵巻の一七図には及ばないことから、量においても質においても、絵巻が傑出していることが分かる。

絵巻は、『方丈記』の内容に則して一場面一場面意匠を凝らして描いており、かなりの知識人によって、もしくは知識人の監修のもとで制作された可能性が高い。絵、詞書ともに丁寧な筆致である点、確かな本文理解と時代考証に基づいた絵画表現である点からも、『方丈記絵巻』の制作者が、『方丈記』という作品に真摯《しんし》に対峙《たいじ》し、深い敬意を払っていたことが見て取れる。抑揚のある伸びやかな描線と細やかな彩色の画面からは、格調高い『方丈記』の雰囲気を絵に投影させようと努めたことがうかがわれ、全体として品格が感じられる。本絵巻を制作するにあたり、何らかの手本、例えば古い絵巻や粉本（見本となる図画の集成）のようなものを参照したと考えられるが、型にはまった絵画様式にとどまることなく、人物の姿も一人一人が生き生きと描き出されている。

江戸時代に本絵巻を制作した絵師も、『方丈記』に描かれるような火事や地震といった災害を数多く見聞きし、時には自身が被災することもあったのではないか。絵画表現にその時の体験が踏まえられているとすれば、犠牲者に対する鎮魂の思いを込めて、絵筆を執った気がしてならない。

絵巻の各場面

○第一図　柳下人物絵（本書10～11頁）

本文には出てこない三人の人物が描かれる。一人は髪を総角《あげまき》に結った童形の少年、一人は直衣《のうし》姿の青年か壮年の男性、もう一人は墨染めの衣をまとった僧形の老人である。三人は『方丈記』作者鴨長明の人生の折節を象徴する姿であろうか。下鴨神社の禰宜《ねぎ》の子として生まれ何不自由なく過ごした幼少期、歌人として活躍した青年期から壮年期、そして出家し、『方丈記』を著した老年期。「行く川」の「流れ」を見つめながら語り合っているかのようである。

○第二図　建物・庭上人物絵（12〜13頁）

第一図にも登場した三人の姿がここにも見られる。「朝顔」が咲く庭、これは本文中の「その主と栖と、無常を争ひ去るさま、いはば朝顔の露にことならず。或は露落ちて、花残れり。残るといへども、朝日に枯れぬ。或は花はしぼみて、露なほ消えずといへども、夕べを待つことなし」を踏まえている。朝顔に近づき、無邪気に開花を喜ぶ少年、朝顔に和歌的感興を抱く青年、朝顔に無常を感じる老人といった具合であろうか。

○第三図　安元《あんげん》の大火の絵（16〜19頁）

炎と煙に包まれた家屋から家財道具を持ち出す人々が描かれる。21頁でも触れたが、松の木の下に、「琵琶」のようなものが見える。「松」と「琴」（平安時代、「琴」は「琵琶」の意も含む）といえば、斎宮女御《さいぐうのにょうご》（九二九〜八五）の和歌（『拾遺《しゅうい》和歌集』巻八〈雑上〉四五一番歌）が想起される。

琴の音に峰の松風通ふらしいづれのをより調べそめけん

〈現代語訳〉琴の音色に、峰の松風が通い合っているようだ。山の尾（稜線）と琴の緒（琴絃《きんげん》）の、どちらの「を（お）」が美しい調べを奏ではじめているのだろう。

このように、松を吹く風と琴の音は似ているものとされていた。『方丈記』の後半部分の本文にも「松の韻、秋風の楽をたぐへ」（松の響きに合わせて「秋風楽」の曲を演奏し）と見える。「松」の木を描き、その下に「琵琶」を描いているのも、両者のつながりを意識してのことであろう。絵巻制作者の高い教養をうかがい知ることができる。

○第四図　治承《じしょう》の辻風の絵（22〜23頁）

「家の中の宝、数を尽くして空に上がり、檜皮、葺板の類、冬の木の葉の風に乱るるが如し。塵を煙の吹きたてたれば、すべて目も見えず」の部分を絵画化したもの。画面中央寄りの下部、檜皮《ひわだ》がめくれ上がり、飛ばされる様子も詳細に描かれる。

○第五図　治承の都遷《みやこうつ》りの絵（26〜29頁）

「御門よりはじめ奉りて、大臣、公卿ことごとく移り給ひぬ」とある、治承四年（一一八〇）六月二日の安徳《あんとく》天皇の福原行幸《ぎょうこう》の場面。画面中央の二輌《りょう》の牛車のうち、手前が唐車《からぐるま》（もしくは雨眉廂《あまゆひさし》の車）、奥が網代《あじろ》車であろうか。ともに女房装束の裾や袖を出して飾りとした出車《いだしぐるま》となっており、天皇の行幸という盛儀を演出している。時に三歳の安徳天皇らは京都を出発し、翌三日に福原に到着した。当時の記録（九条兼実《くじょうかねざね》の日記『玉葉《ぎょくよう》』）

では、平清盛は屋形輿《やかたごし》、天皇は鳳輦《ほうれん》に乗ったとあり、いずれも人が担いだ輿であるので、牛車には乗っていない。しかし、記録の中には「出車二輌」ともあるので、行列の中にこの絵のような牛車も加わっていたことが分かる。牛車の前方、朱色の水《すい》干《かん》を着ているのは牛の世話をする牛飼い童。牛車を引く牛や轅《ながえ》が見えないほど大勢の車副《くるまぞい》も描かれている。その他、弓、矢を入れる胡籙《やなぐい》を帯びた警備のための近衛府の官人、騎馬で付き従う束帯《そくたい》姿の貴族などが牛車を取り囲むように供奉する様子も描かれている。さらに行列の前方には、騎馬で先導する前駆の姿も見えており、壮麗な行列であることが分かる。

○第六図　養和の飢饉（なべてならぬ法）の絵（32～33頁）

「さまざま御祈りはじまり、なべてならぬ法ども行はるれど、さらにその験なし」とある、仏事の場面が描かれている。僧侶たちはいずれも僧綱襟《そうごうえり》のついた袍服《ほうぶく》を着して威儀を正し、仏事を中心となって執行する導師の僧侶は緋《ひ》の衣《ころも》、居並ぶ僧侶も色彩豊かな衣をまとっている。手に手に経巻を持っていることから、経文を唱えている場面とみられるが、顔を近づけて経巻を見る僧侶がいるなど、一人一人が個性豊かに描かれている。天変が相次いだことにより、「天下泰平」「国家安穏」を祈願する仏事が営まれたのであろう。この場面では、建物の屋根や天井を省き、柱や梁を残して斜め上方から俯瞰《ふかん》して描く「吹抜屋台《ふきぬきやたい》」の技法が用いられている。

○第七図　養和の飢饉（賀茂の河原）の絵（34～35頁）

「乞食、道の辺に多く、愁へ悲しぶ声、耳に満てり」、「世の人、みな飢死にければ、日を経つつきはまりゆくさま、少水の魚のたとへにかなへり」といった惨状が描かれる。画面右下の賀茂の河原には、「河原などには、馬、車の行き違ふ道だにもなし」とあるように、困窮した人をはじめ折り重なるように倒れ伏す人々が描かれる。なお、絵巻が描かれた江戸時代にも、享保《きょうほう》の飢饉（一七三二～三三）、天明の飢饉（一七八二～八七）が人々を襲っている。

○第八図　養和の飢饉（乳児とその親）の絵（36～37頁）

画面中央右手に、横たわる男女と乳児が描かれる。「父母が命尽きて臥せるを知らずして、いとけなき子、その乳房に吸ひ付きつつ臥せるなどもありけり」を絵画化したものであろう。目を覆う中央の僧侶がその悲惨さを際立たせている。中央下方から左に向かって描かれているのは市で薪《たきぎ》を売る人々。このうちの一人が赤い木材を肩に担いでいるが、これは本文に「あやしきことは、かかる薪の中に、丹付き、銀、金の箔、所々に付きて見ゆる木の割れ、相混じれり。これを尋ぬれば、すべきかたなき古寺に至りて、仏を盗み、堂の物の具を破り取りて、割り砕けるなりけり」とある、仏具などを割り砕いた「丹付き」の木かもしれない。天秤棒《てんびん》を担いだ人物は第七図でも描かれており、「たまたま換ふる物は、金を軽くし、粟を重くす」を天秤棒によって象徴していると考えられる。

○第九図　養和の飢饉（隆暁法印《りゅうぎょうほういん》）の絵（38〜39頁）

「仁和寺に隆暁法印といふ人、かくしつつ数知らず死ぬることを悲しみて、聖をあまた語らひつつ、その死首の見ゆるごとに、阿字を書きて縁の結ばしむるわざをなんせられける」と、隆暁法印が聖《ひじり》たちを多く集めて、餓死者の額に阿字を書いて供養したという本文に基づく絵。鮮やかな緋の衣と立派な袈裟《けさ》をまとった隆暁法印が中心に描かれ、筆を執る僧侶なども見える。この箇所、古本系統の本文では流布本系統にある「聖をあまた語らひつつ」の部分がなく、死者の供養を隆暁法印一人が行ったことになっている。古本系統の本文では、絵巻のような僧侶たちが大勢集うという絵画表現にはならなかったのである。

○第一〇図　元暦《げんりゃく》の地震の絵（44〜47頁）

倒壊した家屋の下敷きになる人、逃げ惑う人。家屋の周りには釜《かま》やたらいなどの日用品が散乱している。画面左側からは津波が押し寄せ、その右側の山では大規模な土砂崩れが起こっている。画面中央部には、本文に「土裂けて水涌き上がり」とある、地震がもたらした液状化現象とおぼしき状況も描かれる。

○第一一図　元暦の地震（武士の一人子）の絵（48〜49頁）

流布本系の本文のみにある「武士の一人子」を絵画化している。築地塀《ついじべい》の屋根の下敷きになった子供。その前で人目をはばからず泣き崩れる武士とその妻は、子供の両親であろう。その左には嘆き悲しむ祖父母らしき人物の姿も描かれる。悲惨な現場を前に大騒ぎする人々。菩提を弔うかのように手を差し伸べる僧侶は、養和の飢饉の場面で、亡くなった夫婦と乳児の前に現れた僧侶と同一人物のようにも見える。

○第一二図　盗賊の絵（54〜55頁）

盗賊が家財道具を盗み出す場面。本文では特に強調されていない部分をあえて絵画化していることが注意される。物騒な世の中であることをこの絵によって示し、次の第一三図の平穏な方丈の庵の描写を際立たせる狙いがあるのだろう。

○第一三図　方丈の庵の絵（58〜61頁）

穏やかな時間が流れる方丈の庵での長明の姿が描かれる。第一図、第二図に描かれた僧形の老人と同一人物であろう。『方丈記』で南にあると記される竹の簀子《すのこ》、閼伽棚《あかだな》、樋《とい》が正面から見て右に描かれているので、長明は西の方角を向いていることになる。『方丈記』では、阿弥陀如来の絵像を西側の壁に掛け奉《たてまつ》っているとあるが（98頁図2）、絵像らしきものは長明の背後の東側の壁に掛けられており、本文と一致しない。あえて、阿弥陀如来がいるという西の方角を長明が眺め、極楽浄土を希求する姿として描いているのかもしれない。

○第一四図　小童と遊ぶ絵（66〜67頁）

山守の子供と連れだって出かける様子が描かれる。流布本系統では子供は「十六歳」。古本系統では子供は「十歳」となっており、絵巻の絵も一〇歳くらいの姿である。山守の家には、門で見送る少年と、一緒に行きたいとせがむ三歳くらいの幼児も描かれている。少年の方は一六歳くらいに見え、絵画上で流布本系統の本文との整合性を図っているのかもしれない。

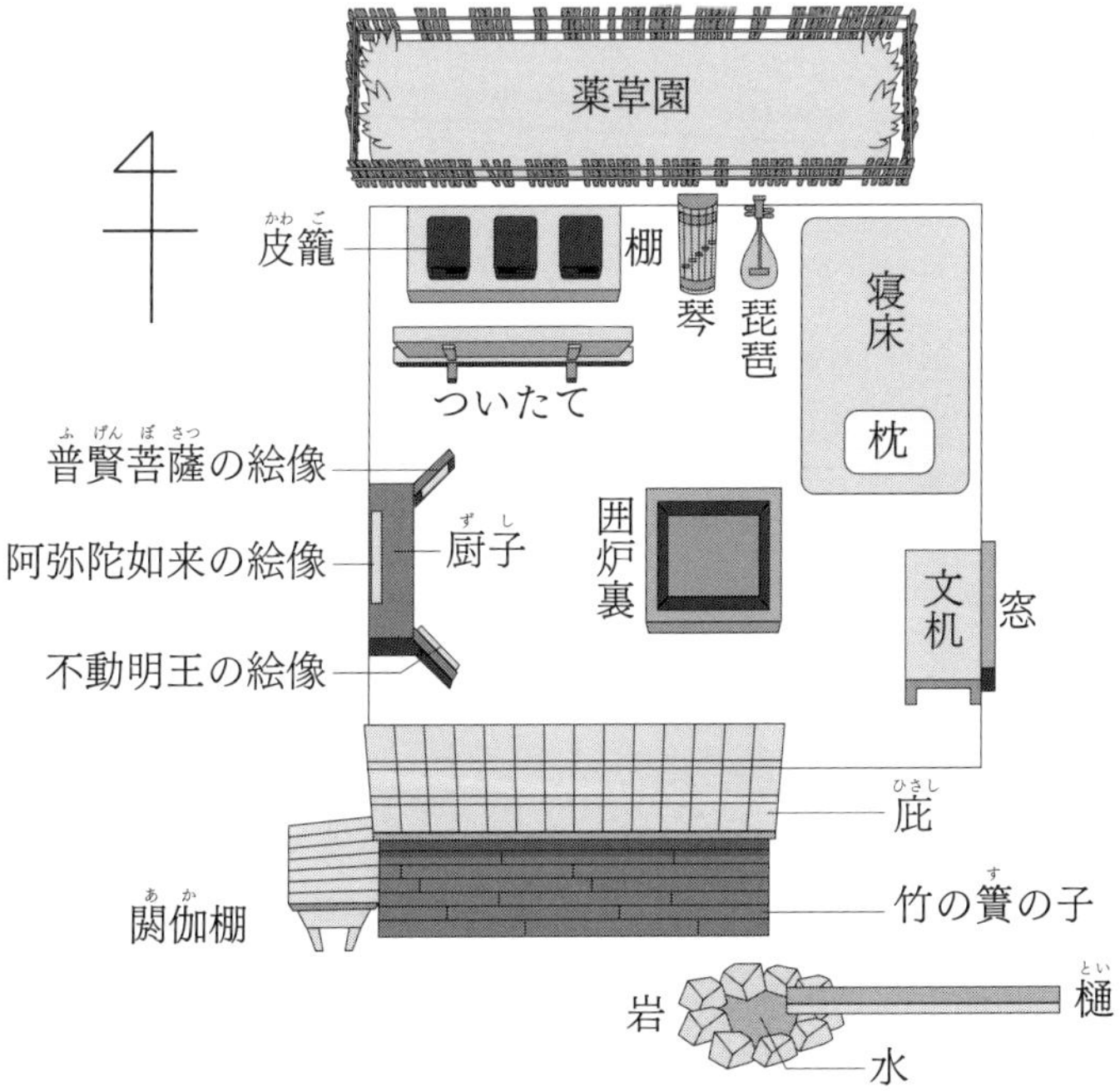

図2　方丈の庵の復元図（流布本系統『方丈記絵巻』本文による推定）

○第一五図　小童と歩く絵（68〜69頁）

小童と連れだって、山歩きをする絵である。小童は手に籠を提げ、道の先の方を指さしている。長明をさらに遠方へと誘っているのであろうか。和やかな雰囲気が伝わる。

○第一六図　小童と木の実を拾う絵（72〜73頁）

あたかも深山幽谷にいる仙人と仙童のようである。この場合、やはり小童は一六歳より一〇歳の方がよいだろう。小童と長明の仲むつまじい様子が描かれている。

○第一七図　文机の前の長明の絵（78頁）

筆を手にして文机に頬杖をつく文人風の長明の姿である。くつろいだ姿で思索にふけっているように見える。文机の上には何も書かれていない冊子本。傍らには琵琶がある。

『方丈記』作者・鴨長明

鴨長明の「長明」を「ちょうめい」と読むのは通称で、当時の呼称をかんがみると「ながあきら」と読むのが正しい。出家し、法名を「蓮胤《れんいん》」といった。長明が生きたのは、現代の時代区分でいうと平安時代末期から鎌倉時代初期にかけてであり、貴族の世から武家の世へと移り変わる激動の時代であった。

現在、長明は『方丈記』の作者」として著名だが、在世時に勅撰《ちょくせん》和歌集《わかしゅう》の『新古今和歌集』に一〇首入集しており、むしろ「歌人」として知られていた。三十一文字《みそひともじ》の制約がある和歌で切磋琢磨《せっさたくま》した言語感覚は、『方丈記』の執筆にも大いに活かされている。さらに、長明は琵琶の演奏に長けた「音楽家」でもあった。『方丈記』を音読した時に実感する快い語感と調子は、その賜物《たまもの》であろう。『方丈記』の記述から浮かび上がるのは、こうした和歌や音楽という自分の好きなことを思う存分楽しむ「風雅の士」「風流人」「数奇人」としての姿である。寺院に所属する僧侶のように仏道修行や仏教学の研さんに明け暮れるわけではなく、仏道と風雅の双方の道に心を寄せる「出家遁世《とんせい》者《しゃ》」といえる。

加えて、方丈の庵は長明自身が設計し、建築にも携わった可能性があるといわれている。これは、長明の手になる仏教説話集『発心集《ほっしんじゅう》』巻五―一三話「貧男《ひんなん》、差図《さしず》を好む事」に登場する、家の設計図を描くことを唯一の娯楽としていた貧しい男が長明自らの姿を投影したとみられること、また、長明が琵琶を自作したという逸話が一三世紀後半に成立した『文机談《ぶんきだん》』という書物に見えることによる。長明の「設計士」「建築家」としての姿も浮かび上がるのである。他にも、『方丈記』の「五大災厄」に見られる的確な取材力、状況伝達力からは「ジャーナリスト」としての一面が、六〇歳目前での鎌倉往還や庵周辺の山歩きからは「健脚家」としての一面が、必要最低限のものが置かれた庵での暮らしぶりからは「ミニマリスト」としての一面が……そのいずれの姿も長明を物語るものであろう。『方丈記』の読者一人一人、作品から受ける長明の印象も異なる。十人十色のさまざまな長明像が、読者の数だけ生み出されるのである。

鴨長明の人生

有力社家《しゃけ》の人物は貴族と接する機会や交流も多いため、彼らと同じ教養「詩歌管絃《しいかかんげん》」（漢詩・漢文、和歌、管絃）を身につける必要があった。下鴨神社の禰宜の子として生まれた長明も幼時から教育を受けていたと考えられ、特に「和歌」と「管絃」については、和歌は父のいとこで歌友の勝命《しょうみょう》（一一一二〜？）に学び（後に俊恵《しゅんえ》〈一一一三〜？〉に師事）、管絃は琵琶、笛、太鼓、箏《そう》に優れ、後に楽所預《がくどころあずかり》という宮中の楽部の長も務めた中原有安《ありやす》（？〜？。歌人としても知られた）に学んだとされる。有力神社の豊富な人脈と経済力を背景として、当代一流の家庭教師が付いたのであり、何不自由のない幼少期を過ごしたことが分かる。その「和歌」と「管絃」（とくに琵琶）は、神社の仕事をおろそかにするほどののめり込みようで、後に、琵琶の「秘曲づくし事件」（伝授されていない琵琶の秘曲を人前で演奏してとがめられたという、出家前後の出来事）を引き起こすことにつながる。それでも長明は琵琶を「方丈の庵」に持ち込み、生涯にわたって愛好した。琵琶への並外れた愛好心が事件の引き金となり、事後は都に居づらくなったが、出家後の暮らしの中で心の慰めとなるものもまた琵琶だったのである。

話は戻って、長明一九歳の時、大きな転機が訪れる。父長継《ながつぐ》が三五歳の若さで亡くなったのだ。父の死によって、長明の幸せな日々は終わりを告げる。『方丈記』に「凡そ、ものの心を知れりしより、四十余りの春秋を送る」、「すべて、あらぬ世を念じ過ぐしつつ、心を悩ませることは三十余年なり」とあるのが、いずれも一九歳頃を起点としていることからも、長明にとっていかに父の死が大きな出来事であったのかが分かる。禰宜の父という大きな後ろ盾を失い、「世の中」の不条理さにはじめて気づいたのだろう。『方丈記』に見える、権力者に媚《こ》びへつらう人々に対する嫌悪や軽蔑は、この時の経験が影響しているとみられる。

　長明が生きた時代はまさに乱世であり、長明二六歳の時に源頼朝が挙兵して源平の合戦が勃発、三一歳の時に平家は滅亡した。しかし、長明は源平の争乱について『方丈記』の中で何も記しておらず、遷都の記述の中に平家を批判するような文言がわずかに見えるくらいである。対して、同時期にあたる長明二三歳から三一歳の間に体験した安元の大火、治承の辻風、福原遷都、養和の飢饉、元暦の地震といった災害については、『方丈記』前半部分に詳細に記している。長明は世の中の出来事を網羅的に記していたのではなく、作品の構想に基づいて取捨選択していたことが明らかとなる。なお、当時の男性貴族が漢文日記を習慣として書いていたように長明も日記を書いており、これらの災害を記録として書き残していたと考えられる。五八歳になった長明が『方丈記』を執筆するにあたり、自身の日記を参照していたとすれば、災害による被害状況を具体的かつ詳細に記すことができたのも説明がつくだろう。

　歌人としての面に注目すれば、二七歳の時に歌集『鴨長明集』（一〇四首）を編み、翌年には賀茂重保《かものしげやす》（一一一九～九一）の私撰集『月詣《つきもうで》和歌集』に四首入集。三三歳の時には藤原俊成《としなり》（釈阿《しゃくあ》。一一一四～一二〇四）撰の七番目の勅撰和歌集『千載和歌集』に入集して勅撰歌人となるなど、歌人として研さんを積みながら、徐々に頭角を現していった。その後も後鳥羽院（一一八〇～一二三九）をはじめとした貴顕《きけん》が主催する歌合や歌会に数多く出席し、中央歌壇になくてはならない人物という評価を獲得するに至る。

　そして建仁元年（一二〇一）、四七歳の時には八番目の勅撰和歌集『新古今和歌集』撰集のための役所「和歌所《わかどころ》」の職員「寄人《よりうど》」に任命された。長明の歌人としての人生の中で、最も充実していた時期といえるだろう。しかし、五〇歳となった元久元年（一二〇四）、突如として和歌所を辞して出家してしまう。『方丈記』の中では出家の理由を「折々のたがひめ」（思い通りにならないことが度重なり）と語っているが、直接の原因となったのは、長明の和歌所寄人としての仕事ぶりを高く評価した後鳥羽院からの褒美として、下鴨神社の摂社「河合《かわい》神社」の禰宜職に内定していたにもかかわらず、親族によって阻まれたという出来事だろう。しかも「河合神社」の禰宜に欠員が出て人事異動があったのは、この時だけではなく、記録で確認できるだけでも、長明が一六歳であった嘉応二年（一一七〇）、二一歳の安元元年（一一七五）、二八歳の寿永元年（一一八二）、三〇歳の元暦元年（一一八四。この時に実家を出たか）、今回の元

図3　萩之坊乗円「鴨長明絵像」（石川丈山歌賛）　江戸時代　個人蔵

久元年と計五回あったという。つまり、今度こそ、と期待しては裏切られる状況を何度も繰り返していたのだ。しかも今回は、年齢的にも最後の機会であり、院の推挙という絶好の好機であったにもかかわらず、わが子を推す親族が長明を排斥したのである。長明の落胆と絶望は計り知れない。下鴨神社の社家の人物として、長明も社の仕事に何らかの形で携わっていたと考えられるが、自身をおとしめた親族と今後も関わり続けなくてはならないのは、何よりもの屈辱であっただろう。もはや長明に残された道は「出家」以外になかったのである。

出家後、長明は隠遁者が多く住む大原で過ごした。承元二年（一二〇八）、五四歳の頃に大原から日野に移り、方丈の庵を結ぶことになる。日野は大原で出会った禅寂《ぜんじゃく》(日野長親《ながちか》〈?～?〉)ゆかりの地でもあり、居住地の選定や提供、庵の建築に際しての人夫や資財の調達など、何かと便宜を図ってもらったのかもしれない。建暦元年(一二一一)、五七歳の時には飛鳥井雅経《あすかいまさつね》(一一七〇～一二二一）と鎌倉へ行き、将軍源実朝（一一九二～一二一九）に幾度か謁見《えっけん》している。鎌倉での長明については歴史書『吾妻鏡』にわずかながら記録があるが（太宰治の小説『右大臣実朝』にこの時のことを題材とした部分がある）、長明自身は鎌倉行きについては何も語っておらず、その目的も分かっていない。この頃、歌論書『無名抄』を完成させ、翌建暦二年（一二一二）三月に『方丈記』が成立。建保三年（一二一五）頃、仏教説話集の『発心集』が成っている。

長明は建保四年（一二一六）閏《うるう》六月八日、六二歳で没した。

生年は分かっていないが、没した年月日は禅寂によって書かれた長明追善のための『月講式《つき(がっ)こうしき》』（「講式」とは仏教儀式で仏などを讃《たた》えるために節を付けて読み上げる文章）により判明している。大原で出会い、一族の所領へ迎え入れ、晩年まで親しく交際した禅寂は、長明の数少ない心の友であったのだろう。

「折々のたがひめ」に絶望と挫折感を味わった長明だが、出家して俗世間から距離を置くことで心の平安を見出すことができた。生涯の友禅寂と出会い、何よりその著作『方丈記』によって名を遺すことになった。つらい出来事を契機として生まれた『方丈記』が、長明の名を永遠にとどめる結果となったのは皮肉なことである。長明は、『方丈記』が人々に愛読されている状況を草葉の陰から眺めて、どのように思っているだろうか。

『方丈記』の諸本と文体

諸本

『方丈記』の諸本は、本文の長短、内容などにより二種五類に分類される（略本系統には「五大災厄」の記述がない）。現在、一般的に『方丈記』とされる教科書や刊行物の本文は「(一)広本系統」の「(1) 古本系統」に分類される。それは現存最古の写本「大福光寺本」に長明自筆説があり、近代以降この系統が重んじられたことによる。対して『方丈記絵巻』の本文は同じ広本系統でも「(2) 流布本系統」に分類される。

(一) 広本《こうほん》系統
- (1) 古本《こほん》系統……大福光寺本《だいふくこうじぼん》など
- (2) 流布本《るふぼん》系統……一条兼良本・嵯峨本など（『方丈記絵巻』はこの系統）

(二) 略本《りやくぼん》系統
- (3) 長享本《ちようきようほん》
- (4) 延徳本《えんとくぼん》
- (5) 真名本《まなぼん》（真字本《まじぼん》）

古本系統と流布本系統は、有名な序文でも古本系統で「久しくとどまりたる例なし」とあるところが、流布本系統では「久しくとまる（とどまる）ことなし」となるなど、語句に微妙な差違があるほか、次のような違いがある。

- 「武士の一人子」の話が流布本系統にはある
- 方丈の庵の描写が異なる
- 「おほかた、世を遁れ……」の段落が流布本系統にはある
- 流布本系統の多くに奥書の後、源季広《すえひろ》の和歌「月かげは……」が記される

略本系統も含めた諸本の違いについては、長明自身による草稿と決定稿との違いとする説や、後世の人物による補入や誤入、改変によるとする説など諸説あり、未だ結論が出ていない。

ただ、江戸時代に刊行された『方丈記』とその注釈書、そし

て現在遺る写本のほとんどが流布本系統という状況からも明らかなように、『方丈記』としてもっとも「流布」した本文は流布本系統であった。近世以前の人々が『方丈記』として読んでいたのは、流布本系統の本文だったのである。江戸時代に制作された『方丈記絵巻』がこの系統の本文なのも当然だろう。

文体

一一世紀初頭に活躍した紫式部（?〜?）が『源氏物語』を書くにあたって用いた「和文」、一一世紀中頃成立の漢詩文集『本朝文粋《ほんちょうもんずい》』などに見られる「漢詩」「漢文」、藤原道長（九六六〜一〇二七）の『御堂関白記《みどうかんぱくき》』といった男性貴族の日記に用いられた「和習《わしゅう》漢文」（変体漢文）といったように、長明が生きた平安時代にはさまざまな「文体」が存在していた。その中で、『方丈記』は「和文」「漢文」双方の特徴を併せ持つ、いわゆる「和漢混淆《こんこう》文」で書かれたものとしてつとに知られる。

『方丈記』は「無常の文学」といわれ、「無常」を語る作品の代表格とされる。『枕草子』『徒然草』とともに「三大随筆」と称されることから、「随筆」の典型として捉えられることも多い。しかし『方丈記』は、あくまでも作者鴨長明が理想的な終の栖である「方丈の庵」について語った「住居論」である。

『方丈記』を「住居論」として見た場合、その先蹤《せんしょう》として指摘されるのは、漢文で書かれた菅原道真（八四五〜九〇三）の『書斎記』や、慶滋保胤《よししげのやすたね》（?〜一〇〇二）の『池亭記《ちていのき》』であろう。これらの作品は「漢文」の中でも「記」という「事柄を客観的に記録した文章」に分類される。『方丈記』も「方丈」の「記」であるが、なぜ長明は、「漢文」の「記」の系譜上にある作品を、「漢文」で書かなかったのだろうか。

幼い頃より躾《しつ》けられた「詩歌管絃」の教養の中に「漢詩・漢文」が含まれることや、『方丈記』中の漢語の使用や漢籍からの引用によっても、長明に豊かな漢文の知識があったことは明らかである。つまり、長明は「方丈」の「記」を書くにあたって、あえて「漢文」を用いなかったということになる。

おそらく長明は、「和文」や「漢文」といった既成の文体に物足りなさや限界を覚え、和歌などの韻文の表現を散文の世界に調和させるにはどうしたらよいか、音楽的感覚に基づく語感を文章に乗せるにはどうしたらよいか模索したことだろう。和文には、繊細な心情表現が可能で、歌語となじみやすく、和歌の作品世界を取り込むのに適しているという特徴があり、漢文には、簡潔かつ力強い状況説明が可能で、漢語の使用や対句によって快い語感を生み出すことができるという特徴がある。こうした和文と漢文双方の特長を併せ持つ「和漢混淆文」に、長明は表現の可能性を感じたのではないか。自らが目指す作品世界実現のために、最も適した表現手段を見出したのである。

しかし、いわゆる「和漢混淆文」の萌芽は、一一世紀頃、寺院などで読み上げられる「表白《ひょうびゃく》」の中に認められるようになるといわれ、長明が生きた一二世紀頃には、まだ何かを著述する際に候補にのぼるような、世間に浸透した文体ではなかったと考えられる。それを積極的に選び取った先見性と、自在に駆使した言語感覚があってはじめて、不朽の名作『方丈記』が生まれたのである。

長明が「和漢混淆文」を用いて『方丈記』を書いたことは、もしかしたら当時は先鋭的で実験的な試みだったかもしれない。現代の私たちは、「古典作品」を「古い」ものと捉えてしまいがちだが、書かれた当時は「最新」の文体を用いた「最先端」の作品であったかもしれないということを忘れてはならないだろう。

『方丈記』の内容

環境を整える

不意に襲いかかる理不尽な災害と、それを体験してはじめて身にしみる人間の無力さ。人間の見栄も、その象徴といえる立派な家も、災害を前にしては、いかにもろいものであるか。人間関係においては、誰かと比較して落ち込む必要などなく、うわべだけの人、地位ある人におもねる人、見返りを求める人など嫌々付き合うこともない。不快に感じるものがあるなら我慢せず、それから遠ざかればよい……このような思いから、長明は出家して、山奥へと隠棲《いんせい》した。

そんな長明にとって、幼い頃より慣れ親しみ、自身を形作った「詩歌管絃」、そして方丈の庵に持ち込んだ「黒き皮籠、三、四合」の中の「和歌、管絃、往生要集如き抄物」が象徴する「漢詩・漢文」「和歌」「音楽」「仏教」の世界は、己の人生になくてはならない存在であった。

方丈の庵は、自分だけの空間である。手を伸ばせば和歌の書き付けや、琴、琵琶といったお気に入りのものにもすぐに手が届く。詠作であろうが、演奏であろうが、心のおもむくままに、誰にも邪魔されることなく思う存分楽しめる。あらゆるしがらみから遁《のが》れ、愛好するものに囲まれた快適な閑居に身を置き、それらに耽溺《たんでき》する中で、ようやく長明の心に平穏が訪れた。長明は、方丈の庵での生活を謳歌する。

その所のさまをいはば、南に懸樋あり。巌畳みて水を溜めたり。林、軒近ければ、爪木を拾ふに乏しからず。名を外山といふ。正木の葛、跡を埋めり。谷繁れど、西は晴れたり。観念のたよりなきしもあらず。春は藤波を見る。紫雲の如くして、西の方に匂ふ。夏は時鳥を聞く。語らふごとに死出の山路を契る。秋は蜩の声、耳に満てり。空蝉の世を悲しむと聞こゆ。冬は雪をあはれむ。積もり消ゆるさま、罪障にたとへつべし。

もし、念仏ものうく、読経まめならざる時は、みづから休み、みづから怠るに、妨ぐる人もなく、また恥づべき友もなし。ことさらに無言をせざれども、ひとり居れば口業を修めつべし。必ず禁戒を守るとしもなけれども、境界なければ何につけてか破らん。

もし、跡の白波に身を寄する朝には、岡の屋に行きかふ舟を眺めて、満沙弥が風情を盗み、もし桂の風、撥を鳴らす夕べには、潯陽の江を思ひやりて、源都督の流れをならふ。もし、あまり興あれば、しばしば松の韻、秋風の楽をたぐへ、水の音に流泉の曲をあやつる。芸はこれ、拙なければ、人の耳をよろこばしめんとにもあらず。ひとり調べ、ひとり詠じて、みづから心を養ふばかりなり。

『方丈記』後半、方丈の庵周辺の風物と、そこでの暮らしを描写した部分である。「潯陽の江」「松の韻」というのは漢詩や漢文で用いられる語であり、「正木の葛」「死出の山路」は歌語、「桂の風」「秋風の楽」「流泉」は音楽関連の語、「観念」「紫雲」「罪障」「念仏」「口業」「禁戒」は仏教語である。さまざまな分野の言葉が散りばめられており、それらが見事に調和している。「漢詩・漢文」「和歌」「音楽」「仏教」と共にある自身の生きざまを高らかに宣言するかのような文章である。

さらに、本文に「満沙弥」とあるのは、「世の中を何にたとへむ朝ぼらけ漕ぎゆく舟のあとのしら浪」(この世を何に例えようか。明け方に漕ぎ出していった船の跡に残る白波が瞬く間に消えるようにはかないものだ)という仏教的無常観を詠んだ、歌人で僧侶の沙弥満誓《しゃみまんせい》(?〜?)であり、「源都督」とあるのは、長明の和歌の師俊恵の祖父にあたり、漢学や和歌、音楽(特に琵琶)に秀でるなど、多才多芸で知られた源経信《つねのぶ》(一〇一六〜九七)のことである。「歌人で僧侶」の沙弥満誓、「漢学の才を持つ歌人で音楽家」の源経信という二人の名前を挙げているのは、「漢詩・漢文」「和歌」「音楽」「仏教」と共にある自らの姿と重ね合わせ、先蹤《せんしょう》としての強い憧れを二人に抱いていたことによるだろう。

この箇所、方丈の庵という理想の環境の中で自身を解き放つことができた喜びを、「和漢混淆文」の心地よい語感に乗せて語った名文である。長明という一人の人間の姿が、その内面とともにここに鮮やかに表出しているのである。

「三界唯一心《さんがいゆいいっしん》」と「一水四見《いっすいしけん》」

『方丈記』後半部分にきてすぐに発せられた「いづれの所を占め、いかなるわざをしてか、しばしもこの身を宿し、玉ゆらも心を慰むべき」(どこに住み、そこでどのように過ごせば、しばらくの間でもこの身を落ち着かせ、ほんのわずかの間も心を慰めることができるのだろうか)という問いに対して、長明は終章直前で自らの答えを導き出している。

それ三界は、ただ心一つなり。心、もし安からずは、牛馬、七珍もよしなく、宮殿望みなし。今、さびしき住まひ、一間の庵、みづからこれを愛す。おのづから都に出でては、乞食となれることを恥づといへども、かへりてここに居る時は、他の俗塵に著することをあはれぶ。もし、人、この言へることを疑はば、魚、鳥のありさまを見よ。魚は水に飽かず。魚にあらざれば、その心知らず。鳥は林を願ふ。

鳥にあらざれば、その心を知らず。閑居の気味もまたかくの如し。住まずして誰かさとさん。

長明は「三界は、ただ心一つなり」（この迷いの世は、すべて自分の心によるものだ）と述べている。これは仏教語の「三界唯一心」（すべての事象は自身の心によるもので、心を離れては存在しない）に基づくのだろう。どんなに素晴らしい宝物を手に入れても、どんなに立派な宮殿に住んでいても、それに満足し、幸せに感じる心がなければ意味がないというのである。

そして長明は、たとえ辺鄙《へんぴ》な場所にある小さな庵であっても、自分にとってはそれが理想の住居なのだと言い、たまに都に行くとみすぼらしい自分の姿を恥じるが、庵に帰ってくると、俗塵にまみれた都人たちをかえって気の毒に思うと述べる。そのことに懐疑的な人に対して、「魚」と「鳥」の例を挙げ、魚が水に飽きず、鳥が木々を求めるのは、魚や鳥になってみないとその気持ちは分からない、庵に住む自分の気持ちも住んだことのない人に理解させることはできないと畳みかける。

ここで想起されるのが、「一水四見」という仏教語である。同じ「水」であっても、人間は「水」と見、天人は輝く「瑠璃《るり》」と見る。餓鬼は「火」と見、魚は宮殿のような「住居」と見るというもので、同じ対象を見ても見る者によってそれぞれ異なるものとして解釈するという意味である。『方丈記』で語られる、「魚」や「鳥」にとって住居である「水」や「林」は、人間には全く違うものとして目に映る。生きる環境、居心地のよい場所というのは生き物によってそれぞれ異なり、同じように人間世界においても人によって違うと言っているのである。他人から見れば不便な場所にある粗末な住居かもしれないが、自分はその環境に満足し、みすぼらしい姿になってはいるが、そこでの生活に幸せを感じているというのだ。

どこに住んでも、そこで何をしようとも、他の誰でもなく、自分自身がそれをどう見るか、どう捉えるかが大切だと説いているのだ。欲しがり続け、何に対しても飽き足らなければ、本当の意味での幸せはやってこない。他人との比較や、世間一般の価値観で自分の幸不幸を測ることはできない。すべては自分の「心」次第なのだ。長明は、閉塞感の漂う現代を生きる私たちに明確な答えを用意してくれていたのだ。

終章

出家によって世俗を遁れ、環境が整った方丈の庵で自身を解放し、心を澄まし続けてきた長明は、終章において自問自答をはじめる。次なる精神的高みに向かおうと再び苦悩するのだ。しかし、「その時、心さらに答ふることなし」とあるように、彼の心は自らの問いに対して沈黙し、答えを見出せないまま作品は幕を閉じることになる。この『方丈記』の結末は、『方丈記絵巻』末尾の第一七図「文机の前の長明の絵」（78頁）に描かれた、机上の冊子の「真っ白な頁」にも暗示されているように感じる。

ただ、結果的には答えが出なくてよかったのではないか。もし長明が最終的に悟り、高い次元へと行ってしまったのなら、私たち迷える読者は、きっと置いていかれた気分になっただろう。そうならないところもまた、『方丈記』の魅力といえるのではなかろうか。長明は今でも私たちと同じ地平にいる……少なくとも、そう思うことができるのだ。

「月かげは」詠

『方丈記絵巻』をはじめ、流布本系統の『方丈記』には、奥書の後に次の和歌が記されている（古本系統にはない）。

月かげは入る山の端もつらかりき絶えぬ光を見るよしもがな

当該歌は『新勅撰和歌集』巻一〇（釈教歌）に、「十二光仏の心をよみ侍《はべ》りけるに、不断光仏《ふだんこうぶつ》」という詞書で見え（「不断光仏」とは阿弥陀如来のこと）、平安時代後期から鎌倉時代初期まで活躍した歌人、源季広（?～?）が詠んだものである。

この歌を『方丈記』の流れの中で解釈すると、次のようになるだろう。

月が山の端に沈むのを見るのは、命が尽きようとしている老いの身にはつらく感じられる。何とかして、限りない阿弥陀如来の光を極楽浄土で拝見したいものだなあ。

『方丈記絵巻』では、「時に、建暦の二年……」といった『方丈記』奥書とこの「月かげは」詠の間に、第一七図「文机の前の長明の絵」が挟み込まれている。絵は『方丈記』の結末を暗示するとともに、この「月かげは」詠を心中に思い、極楽浄土を希求する長明の姿としても見ることができよう。

『新古今和歌集』に入集した長明の和歌一〇首のうち、その半数にもなる五首に「月」が詠み込まれていることや、長明の追善供養のために禅寂が書いた講式が他ならぬ『月講式』であることを踏まえると、長明と月は切り離すことのできない密接な関係であったことが分かる。流布本系統末尾の、長明の詠作ではない「月かげは」詠が、いつ誰によって付されたかは分かっていない。ただ、長明と月との関係のもと、この歌が付け加えられた形で、違和感なく後世に享受されてきたのである。

人里離れた暗い山中にある方丈の庵で見る月はひときわ輝いていただろう。澄んだ月を眺めて心を澄まし、月の光に仏の姿を重ねていた鴨長明。彼が見ていた月は、今も同じように空に輝いている。『方丈記』に込められた思いは八〇〇年以上経ても、月のような光を放ち、私たちの心の隅々まで照らし続けているのである。

鴨長明略年譜

※長明の年齢は推定に基づく生年による。
※作成にあたっては、新編日本古典文学全集『方丈記　徒然草　正法眼蔵随聞記　歎異抄』（小学館）付録「長明関係略年表」等を参照した。

和暦	西暦	天皇	院	長明の年齢	長明の事跡	世の中の出来事
久寿二	一一五五	後白河	鳥羽	1	下賀茂神社の禰宜の子として誕生	
保元元	一一五六			2		保元の乱
平治元	一一五九	二条	後白河	5		平治の乱
応保元	一一六一			7	中宮叙爵により従五位下となる	
長寛二	一一六四			10		蓮華王院（三十三間堂）成る
仁安三	一一六八	六条		14		平清盛出家
嘉応二	一一七〇	高倉		16	河合神社人事異動	
承安三	一一七三			19	この頃、父長継没	
安元元	一一七五			21	河合神社人事異動	
治承元	一一七七			23		京都大火
三	一一七九			25		『梁塵秘抄』成るか
四	一一八〇			26	摂津へ旅行	京都辻風／福原遷都／源頼朝挙兵

年齢	年号	西暦	天皇	院政	事項	一般事項
30	元暦元	一一八四		後白河	河合神社人事異動	
31	二	一一八五				平家滅亡／京都大地震
32	文治二	一一八六	後鳥羽		伊勢に旅行／紀行文『伊勢記』成る	
33	三	一一八七			『千載和歌集』に入集	『千載和歌集』成る
36	建久元	一一九〇				西行没（七三歳）
38	三	一一九二				後白河法皇没（六六歳）
45	正治元	一一九九	土御門	後鳥羽		源頼朝没（五三歳）
47	建仁元	一二〇一			和歌所寄人となる	
50	元久元	一二〇四			河合神社人事異動／「秘曲づくし事件」これより建暦元年までの間に起こるか／出家	
51	二	一二〇五				『新古今和歌集』成る
54	承元二	一二〇八			大原より日野法界寺の外山へ移り庵を結ぶ	
57	建暦元	一二一一	順徳		飛鳥井雅経と鎌倉へ行き、将軍源実朝に謁見／『無名抄』成るか	
58	二	一二一二			**『方丈記』成る**	
59	三	一二一三				源実朝『金槐和歌集』成る
61	建保三	一二一五			『発心集』成るか	
62	四	一二一六			閏六月八日没	

本書は、神田邦彦、田中幸江「『方丈記絵巻』解題と翻刻」（『鴨長明　研究と資料』第一輯、二〇一二年一〇月、二松学舎大学磯水絵研究室編）をもとに、新たに書き下ろした。

主な参考文献（初版の刊行年順）

・簗瀬一雄『方丈記』（角川ソフィア文庫）、二〇二〇年二月改版、KADOKAWA
・貴志正造ほか『方丈記　徒然草』（鑑賞日本古典文学第一八巻）、一九七五年四月、角川書店
・三木紀人『閑居の人　鴨長明』（日本の作家一七）、一九八四年一〇月、新典社
・神田秀夫ほか『方丈記　徒然草　正法眼蔵随聞記　歎異抄』（新編日本古典文学全集）、一九九五年三月、小学館
・浅見和彦『方丈記』（ちくま学芸文庫）、二〇一一年一一月、筑摩書房

おわりに

二〇一九年以来､私たちは「新型コロナウィルス感染症」という、世界規模の災厄に遭遇しています。「災害文学」とも呼ばれる『方丈記』の「飢饉」の箇所にも疫病流行の記述があり、災害によってその人の本性、人間性が露わになることが示唆されています。疫病の世界的流行という未曾有の災厄の中で、私たち一人一人はどのように生きるのか、試されているようにも感じます。「どこに住み、そこでどのように過ごせば、しばらくの間でもこの身を落ち着かせ、心を慰めることができるのか」という長明の問いは、現代を生きる私たちの問いでもあるのです。

いつの時代も人々の心を照らしてきたであろう『方丈記』。本書が、先の見えない混迷の時代の中で生きづらさを抱えるすべての人たちにとって、灯火のような存在になることを願ってやみません。

思い返せば、私自身大学で初めて講義した作品が『方丈記』でした。それまで私は中世文学を研究対象にしつつも、比較的世に知られていない作品類の考究に取り組んでおり、『方丈記』にしっかりと向き合ったことはありませんでした。しかし、授業で繰り返し『方丈記』を読むうちに、流麗な文章と作品の奥深さに魅了され、さらには自分の生き方まで考えさせられるようになりました。私にとって『方丈記』は特別な作品となったのです。そして、本書執筆にあたりましては、授業の際に受講生から寄せられた意見や感想も大いに参考となりました。歴代の受講生の皆さまに対しまして、ここに感謝の意を表します。

最後に、この度、貴重な収蔵品である『方丈記絵巻』の撮影と、本書への掲載を快くご許可下さいました三康文化研究所附属三康図書館に厚く御礼申し上げます。また、本書を刊行して下さいました株式会社東京美術に心より御礼申し上げます。

田中幸江

二〇二二年六月

訳注
田中幸江（たなか・ゆきえ）
埼玉県生まれ。二松學舍大学文学部国文学科卒業、専修大学大学院日本語日本文学専攻博士後期課程修了（博士〈文学〉）。現在、二松學舍大学非常勤講師。共著に『完訳 源平盛衰記　四』（勉誠出版、２００５年）、論文に「今出川公規と禁裏の楽器・楽書について　専修大学図書館蔵『公規公記』の記事から」（『論集　文学と音楽史　詩歌管絃の世界』、磯水絵編、和泉書院、２０１３年）、「長明と仏教」（『今日は一日、方丈記』、磯水絵編、新典社、２０１３年）などがある。

協力
公益財団法人三康文化研究所附属三康図書館

撮影
阿部章仁

ブックデザイン
コバヤシタケシ（SURFACE）

DTP
白木隆士

絵巻《えまき》で読《よ》む方丈記《ほうじょうき》

２０２２年７月10日　初版第１刷発行
２０２２年12月25日　初版第２刷発行

著者　鴨　長明
訳注者　田中幸江
発行者　永澤順司
発行所　株式会社東京美術
〒１７０-００１１
東京都豊島区池袋本町３-31-15
電　話　０３（５３９１）９０３１
ＦＡＸ　０３（３９８２）３２９５
https://www.tokyo-bijutsu.co.jp

印刷・製本　シナノ印刷株式会社

乱丁・落丁はお取り替えいたします。
定価はカバーに表示しています。

ISBN 978-4-8087-1250-1 C0095